# BOUCAU'S

# KILLER

© 2019, Les Éditions de l'Œil du Sphinx
ISBN : 978-2-38014-019-4
EAN : 9782380140194
Collection Les Manuscrits d'Edward Derby
ISSN de la collection : 1623-1074
Dépôt Légal : mars 2020

Jean-Christophe Pichon

# BOUCAU'S KILLER

## (Le manuscrit perdu au bar Ragosse)

Roman

1999

ODS

Comme dans n'importe quel jeu,
la connaissance des règles ne signifie absolument pas
la connaissance du jeu.


Comme nous l'avons dit à maintes reprises,
on s'installe avant toute autre action,
dans les coins


(Pierre Lusson, Georges Perec, Jacques Roubaud.
*Petit traité invitant à la découverte de l'art subtil du go*).

# MITAN

I

## Détritus de mine de plomb

— Une Blanche ! le serveur du Kit Kat balance sur la table de plastique lie-de-vin un bock douteux dans lequel bouillonne un liquide jaune pâle et barbote un zeste de citron vert à la peau grumeleuse. « Vous m'en direz des nouvelles », insiste le loufiat. Comme si j'allais m'éterniser dans ce bistroquet ex-halles – rue de la Grande Truanderie – cerné de sex-shops, de marchands de fripes saucissonneuses, de racoleuses stripteaseuses suceuses de surcroît et de toute une merde dealeuse raclant les murs grisous. Je suis rentré là au hasard de mes déambulations pour pisser. À chaque fois je me fais avoir par le même cirque. Je me propulse chaviré par une tourmente incontinente et devant le zinc je commande sans coup férir une boisson sapide, un demi ou n'importe quoi d'autre qui dans le quart d'heure qui suivra me renverra comme une boule de flipper dans un autre rade… Un rodéo sans fin… L'amer hou-

11

blon, pourrait-on dire, me propulse vers les urinoirs, tout en disant a contrario que l'incontinence m'enchaîne aux comptoirs… L'éternité je la passerai donc ailleurs qu'au Kit Kat ! Plus souvent à tournicoter sur les trottoirs qu'à bailler dans cet estaminet ! Quant aux nouvelles, bonnes ou mauvaises de ce liquide infect à seize francs cinquante ou je ne sais combien d'euros que j'ingurgite illico presto, ce n'est pas demain la veille que je les enverrai recommandées ou non !… Je me baisse pour ramasser un bout de quelque chose qui m'accroche l'œil et que j'aurai dû laisser là par terre avec tous ses copains bouts de mégots de salissures de papiers contrevenants parce qu'il faut bien l'avouer je fais avec ce geste inconsidéré la plus belle connerie de ma vie. Une de ces erreurs qui vous emporte *larga manu* de l'autre côté du miroir et qui fait de vous un autre homme – certes –, mais pas forcément celui que vous auriez choisi sur catalogue ! Je me penche donc écoutant mes os et ma colonne craquer comme un vieux mat ballotté par les orages, jouant du coude et des tibias pour me mouvoir entre deux piliers de rugby à la face congestionnée qui me prennent en sandwich, accoudés comme des malpropres sur le dessus du bar le cul débordant de part et d'autre du tabouret. Et je ramène triomphant de cette plongée dans le grand bleu de mon vertige, à demi noyé, je vous le donne en mille, je ramène serré entre le pouce et l'index un bout de crayon de forme hexagonale, rouge comme une comète cannibale, strié de fines lignes blanches – un bijou rongé jusqu'à l'os, plutôt jusqu'au trognon si l'on considère d'un œil critique le bout minuscule qui subsiste tout maculé de cendres et de coca. Je me sens con.

— Ô! vous avez retrouvé le stylo de Boucau! m'interpelle le barman à la gueule tavelée comme la peau de citron qui macère dans le fond de mon verre.

Sans barguigner il tend sa grosse pogne poisseuse et tente de saisir d'un coup de poignet l'objet que je viens de sauver du balai et de la serpillière.

— Ô là! rétorqué-je, pas content du tout et ramenant mon pouce et mon index vers des espaces moins fréquentés. «Ô là! Le stylo de Boucau! que voulez-vous dire?… Un stylo? Ça! n'exagérons rien!

Cet homme n'a pas le moindre savoir-vivre, c'est clair, aussi clair que la Blanche de Bruges, mais peut-être sait-il s'épandre?

— De Boucau?

— Du grand Théo Boucau, ou Bocal! Oui mon gars! Allez fais pas le malin, tu n'y gagneras rien… rends-moi cette relique avant que je me fâche…

Pour ne pas perdre de temps, il hèle ses troupes qui arrivent, sinuant entre les tables, l'air mauvais! Je n'aurai jamais imaginé que ce cul de détritus de mine de plomb tellement petiot que j'arrive à peine à le tenir entre mes doigts aiguise autant les appétits. Qui d'ailleurs le croirait? La situation est inextricable. Loin de moi l'envie de rendre les armes avant de combattre. D'un autre côté, se faire casser la gueule pour une rognure! où serait le mérite? Une femme, une place au premier rang du concert de Sting, un contrat d'acier passent encore, les justificatifs ne manquent pas! Mais un éclat de bois protégeant un bout de mine bleue – car bleue apparaît la mine frottée d'un kleenex –, bleue comme l'iris de Mira… Peut-être pourrions-nous chercher là une vague raison de pugilat! Soyons sérieux, pas même un vrai grand et long crayon que l'on pourrait se fourrer dans l'oreille et qui vous profiterait pendant un mois ou deux !… Non ! il faut que je restitue ma proie, que j'abandonne à ce distributeur maniaque ce morceau de crayon qu'il intitule prétentieusement le stylo de Boucau ou Bocal – un stylo ! Quoi encore ! auquel je m'habitue quand même vraiment, et auquel je tiens maintenant comme une mère couveuse à son nouveau-né. M'en dé-faire ! Certes non ! Il me faut gagner du temps ! Dialoguer ou parlementer par exemple avec cet échalas qui tend sa main suintante vers moi ! Sans réfléchir davantage, j'en-fouis au fond de ma poche l'objet du litige, le moignon d'écriture, un stylo à croire le vérolé/tavelé qui devient rouge tomate de colère, et qui bafouille, crachouillant des morceaux d'on ne sait quoi !

— Ô ! ça, tu risques là, vermine ! menace-t-il.

Le stylo de Boucau ? Est-ce à prononcer comme la pierre de Rosette, ou la pyramide de Khéops ? Une valeur sûre ? Une découverte fondamentale ? Une magistrale œuvre d'art ? La bouche en cul-de-poule, je coule un filet de voix interrogatif.

— Boucau ?

C'est à ce moment qu'une jeunesse jolie comme un cœur-de-pigeon, on ne peut plus affriolante dans un jean serré aux fesses dures comme du ciment, j'en mettrais ma main au feu et les seins tendus comme une tente de bé-douin, un regard bleu comme l'azur, celui du grand désert pas celui de la périphérie fumeuse qui nous racle la gorge et ronge nos neurones jusqu'à l'extinction, déboule dans notre pré carré, juste pour exciter davantage le grand lou-fiat et le rendre fou de jalousie d'autant qu'elle m'attrape le bras et le secoue à n'en plus finir comme si était enfin venu le temps des cerises et qu'elles allaient couvrir par deux le sol immonde.

— Rendez-nous le stylo de Boucau? S'il te plaît! quémande-t-elle, mélangeant allègrement le vouvoiement et le tutoiement, et pourquoi pas, me dis-je, le passé le présent et le futur!

Je la sens aride sur ce coup-là – accroc au Boucau ou au Bocal, je ne sais trop! Je triture l'objet dans ma poche ne me décidant pas à m'en dessaisir. Un stylo! tu parles… pourquoi pas un Mont-Blanc, pendant que nous y sommes?…

— Je pige, dis-je, histoire de marquer mon territoire. J'écris dans un journal.

Je ne cite pas de nom pour sauver le respect. Je tends de la main gauche une carte de presse déchiquetée que je recouvre de la paume de la main.

«Je professe journaliste. Alors peut-être pourrait-on échanger quelques paroles utiles?… »

Là, je marque indubitablement un point décisif. D'un coup d'un seul, ils se figent comme un arrêt sur image. La cariatide aux seins de tente ouvre des yeux comme des bassinoires et se tourne vers vérolé/tavelé.

— Donne-les-lui, Jérôme! injoncte-t-elle… Il en fera peut-être quelque chose…

J'hallucine! Vont-ils me balancer un sac-poubelle de crayons usés? Qu'ai-je encore remué dans l'inconscient de cette fangeuse popu? Il y a quelques minutes, ils voulaient me découper en dés de chair et voilà qu'ils me proposent un plein sac de détritus ménagers sous prétexte de carte à jouer de presse. Pigiste au mensuel du quinzième, il n'y a pas pourtant de quoi se pavaner à la une du Who's Who…

— Quels sont ces « les » laids ? dis-je pour faire un mot. Quels sont ces « les » que vous voulez m'offrir ?…

Pisser ! Voilà, j'aurais dû descendre au sous-sol pisser un bon coup plutôt que de fouiller dans les balayures ! Envie qui pour le moment ne me titille plus à croire que mon foutu uro ne se trompe pas quand il prétend que ce dysfonctionnement est une affaire de timidité… Me voilà embarqué dans une histoire de trafic de trognon de crayon… Je remballe et m'apprête à sortir…

— Les manus… donne les manus à ce journaleux branqueux aussi liquoreux que ma chatte, clame Seins-tente-de-bédouin.

— Comme ça, sans préliminaire ?… Sans s'enquérir sur ce monsieur ? s'étonne Jérôme le vérolé / tavelé. Saphire ne pousses-tu pas un peu ?

Elle se colle à mes hanches et passe une main sous ma veste s'agrippant à ma ceinture comme si je revendiquais un de ses meilleurs amis.

— Si monsieur pige, fais-lui confiance. Les serments du sacerdoce professionnel, hein !

Elle mélange les genres… Je n'ai pas l'intention de la détromper, bien que ma spécialité concerne plutôt le décapsulage du secret professionnel ! Un hymen défloré vite fait bien fait !…

— … Nous conservons entre nos mains un morceau de manus !… susurre Jérôme.

— Rien de pire, ajoute Saphire.

Vérolé / tavelé sort du dessous du bar une cinquantaine de feuilles humides et graisseuses. Il les brandit au-dessus de son crâne, les secouant comme un goupillon.

— Les manus… Voici les manus de Bocal.

Brusquement je fais la jointure entre le débris de crayon que je serre dans la paume – transpirante à présent – et ce manuscrit composé de feuilles gribouillées pour ce que je peux entrapercevoir… Griffonnées d'une ample écriture de couleur différente selon les pages. Noire, bleue, rouge ou verte… Je détiens au fond de ma poche ce qui reste de l'instrument de travail de ce Boucau prolifique. Il faut du respect devant l'écriture, j'en sais quelque chose moi qui ne peux lâcher trois lignes sans avoir des crampes à l'estomac… Drôlement gêné, je sors le chibre minuscule autrefois long, dur et éjaculatoire, et le tends timidement à Jérôme, ne sachant plus très bien où me fourrer…

— Pardonnez-moi, je n'imaginais pas…

Et voilà que sans crier gare, tout miel, il me balance sur le comptoir une nouvelle Blanche de Bruges – ni vu ni connu je t'embrouille – avec un copeau de peau grumeleuse de citron vert plutôt jaune «vous m'en direz des nouvelles, c'est la maison qui régale!» et posant de son autre main le paquet de manus dans la flaque qui souille le zinc, il attrape avec dextérité le mégot de crayon de Boucau qu'il fait disparaître en moins de temps qu'il n'en faut pour le dire sous son comptoir, véritable caverne d'Ali Baba. Puis l'œil tendre, il pousse de l'index le tas de feuilles vers moi.

— Tenez, ça, c'est pour vous!…

— Que dois-je en faire?

— Lisez-les et faites un article… C'est votre boulot, non?

— Ô là! Ô là! Mon boulot consiste à rédiger ce que la rédaction du journal me commande! Faudrait voir à ne pas inverser les rôles…

— Écoutez-moi un peu journaleux de mes deux! Boucau ou Bocal peu importe, c'est un cador dans le quartier! Pour certains c'est un demi-dieu, un avatar comme on dit… Boucau on lui doit plus que le respect… Alors il faudrait voir à ne pas se mélanger les pinceaux dans cette histoire!… On vous offre sur un plateau d'argent une chronique… une vraie! Pas du genre de celle qu'on vous tartine au vingt heures. Une tranche de vécu qui vous propulse dans la galaxie…

Exactement ce que je craignais! La jeunette surenchérit.

— Jérôme t'offre un billet direct pour le star-system! Lisez-le au moins, tu verras, tu ne seras pas déçu… C'est qu'une partie des mémoires de Boucau… Nous ici on pense que c'est la meilleure même si on ne comprend pas tout…

— Une partie, c'est-à-dire? Il y en a d'autres?… D'autres feuilles comme celles-là?

— Boucau, il balise. Alors il confie ses manus dans plusieurs bouges… Il y en a ici, et puis un peu partout ailleurs… Il produisait bien avant de venir nous envahir avec sa horde de groupies… Nos pages de manus, ce ne sont pas les plus nombreuses… On raconte qu'il en existe plus de mille, cachées quelque part on ne sait où… Une odysse, une liliade… Un truc qui ferait gerber s'il fallait tout se taper…

Je soulève une feuille tachée saisie entre le pouce et l'index sur laquelle d'une large écriture quelques lignes s'affrontent en diagonale. Des mots apparemment incompréhensibles, des phrases interrompues qui heurtent notre sensibilité d'ancien écolier aux doigts frappés de coups de règle et à la tête de méthode globale. Le président ricane… La blague est énorme… Des bouffissures… Quelques bribes lues au hasard qui ne signifient rien sorties de leur contexte et qui n'augurent rien de bon. Pas vraiment captivé par ce polar, je le glisse plié en deux dans ma poche de veste. On verra bien, me dis-je, vidant d'un trait mon verre. Tournant le dos à tout ce beau monde je franchis la porte à battants et me propulse dans l'arène brûlante du dehors, manquant percuter d'un cheveu un groupe d'Hare Krishna jaune safran le regard perdu dans les étoiles, tapant comme des malpolis sur la peau tendue de tambourins.

Je me dirige vers la bouche infecte du métro Étienne Marcel – je ne prends plus ma voiture quand je déambule dans le ventre spasmé de Paris ! – avec l'intention ferme et définitive de rentrer chez moi, boulevard Voltaire, avant que l'envie de pisser me reprenne. Tournant au coin de la rue, un groupe de rollers adolescents filant comme le vent me cerne brusquement. Je profite de cette digression pour jeter dans la première poubelle venue le tas de manus de Boucau, me lavant ainsi de cette pollution diurne, et récurant mon esprit de toutes les scories – plus de Bocal enfoui dans mes poches, affreusement godantes ! Je me crois alors totalement libre ! Pauvre de moi ! Je reprends la marche, le pas alerte, me disant tout à coup que j'irais bien jusqu'à la bouche suivante, Arts et Métiers, histoire de dégourdir un peu les jambes et de ne pas perdre le fil de la pensée. Puis je prolonge jusqu'à la République. Je ne remarque rien du manège de Seins-en-forme-de-Wigwam qui m'emboîte le pas à vingt mètres environ derrière moi. Elle me suit depuis que j'ai quitté le Kit Kat. Je ne peux imaginer que le diable lui-même me traque, un foutu démon à la peau soyeuse et au cul ferme comme du bois, dont j'allais devenir fou de passion et qui allait m'entraîner dans l'antichambre de l'enfer.

Elle me rejoint avant la gesticuleuse place révolutionnaire. Elle cabote à mes côtés comme si nous étions de vieux amis, et je sens le parfum de sa peau aussi précisément que si j'avais le nez fiché dans les plis de son corps, bien avant de comprendre un traître mot de son homélie.

— Boucau, susurre-t-elle, il est comme le messie… Il chavire des phrases extraordinaires… Il miracule… Tu comprends ?… Il débarque un jour on sait jamais quand, entouré d'un groupe de fanas, des mômes – des junkies – et il se planque dans un coin de la salle… Nous, on respecte… Tu comprends ? Il écrit en apnée grattant des pages et des pages sur un coin de table… Ses disciples dégottent des bouts de crayons, des feuilles de papier – qu'ils n'achètent jamais ! — … Boucau, y veut pas ! Pas d'argent – un essedef –, il refuse de commercer… Il parle et il griffonne… Quand il s'en va, il abandonne ses manus et son crayon… Alors nous, on ramasse pour quand il reviendra… En quelque sorte, nous sommes les gardiens des outils de travail de Bocal… Tu comprends ?…

Ses paroles finissent par entrer dans mon esprit. Je ne sais pas depuis combien de temps elle jacasse collée à mon flanc. Seule, son odeur m'enivre. J'espère simplement qu'elle ne m'a pas vu jeter les Évangiles.

— Ce Boucau/Bocal et sa bande d'admirateurs, on le trouve où ?

— Jamais là où on l'attend !… C'est quoi ton nom ?

— Luc !…

— Moi c'est Sophie!… On m'appelle Saphire… Je le traquai il y a quelques mois de ça… Une copine m'accompagnait… On le suivit jusque dans un rade de l'autre côté de Paris, le Ragosse… Si vous voulez, je t'y emmène… On marcha au moins deux heures… Il fondait tellement dans le décor que par moments on perdait sa trace… Tu comprends?

Que comprendre de cette insipide histoire? Bien sûr, Sophie ou Saphire – peu importe son nom véritable – excite ma libido. Ça fait une paie que je ne maque plus une femme. Mira, la dernière furieuse me quitta en emportant la vaisselle tellement elle fulminait. Les femmes, je ne les drague qu'au coin du bois pour une passe rapide entre deux bières ambrées plutôt pisseuses, ou bien parfois dans les bars de nuit. Je ne saurais plus m'y prendre pour en saisir une par le cou et la chavirer dans l'extase, ni *a fortiori* forer un profond baiser dans l'émail cérusé de ses dents… Oserais-je, même?

— J'ai rendez-vous. Il faut que je vous quitte! jeté-je décrochant sans plus de cérémonie.

Un pieux mensonge avant de la distancer et m'engouffrer seul enfin dans la bouche gourmande. Deux stations, pas une de plus! Mes jambes crient repos et ma vessie pèse une tonne!

Parvenu dans mon deux-pièces situé sur rue au cinquième étage d'un immeuble hideux, je jette en boule ma veste et mon pantalon dans un coin de la chambre, le coin obscur. En caleçon, allongé sur mon lit défait depuis le matin, j'écoute morose mes messages.

« Pautre au bout du fil! Que fais-tu bon sang de bonsoir,

Luc? On te cherche depuis la fin de matinée! On boucle, coco! On attend ton papier et la photo de Une!... Urgemment!»

Sacré Pautre, tu m'emmerdes! Ton papier! il nage encore dans les langes et le sujet de ta photo de Une barbote dans les limbes!

Jamais je ne me sentis aussi abattu. Ce travail glaireux me déprime... Puis une idée me traverse le crâne de part en part comme une balle à fragmentation faisant – il faut quand même le préciser! – un dégât épouvantable. J'enfile mon pantalon tire-bouchonné – je ne pris jamais soin de mes affaires – et ma veste, rafle les clés sur la sellette, attrape le Canon affublé d'un zoom 28/80 qui somnole sur une étagère et me pulse vers le dehors nacré de substances nocives.

# NORDESTE

## II
## Le jour où elle pista
## le messie de pacotille

Eh bien! croyez-moi si vous voulez, elle fait le guet devant l'immeuble depuis je ne sais combien de temps! Elle court à présent sur le trottoir d'en face entre l'arrêt d'autobus et le marchand de journaux, les deux bras comme des sémaphores au-dessus de la tête. Elle sillonne dangereusement entre les voitures klaxonnantes et les motos hurlantes qui foncent à toute allure sur cette portion de boulevard et trace vers moi comme une comète en tortillant le derrière, les Tod's éclaboussant une gerbe d'étincelles sous les semelles. Seins-en-forme-de-Wigwam m'attendait… Un comble qui me stupéfie…

— Luc, il faut que nous parlions!

Elle s'accroche à mon bras comme si je représentais le dernier des derniers de ses copains. Je balance à ras du bord, hésitant entre la fuite et le plongeon, l'un ne valant pas mieux que l'autre.

— J'ai un plan, lui annoncé-je.

Nous marchons alors de concert vers la République sans besoin de justifier davantage la plus mauvaise décision. En l'état, sa présence simplifie la vie.

— Ton Boucau, l'écrivain public numéro un, nous ne pourrions pas essayer de le retrouver ? proposé-je pour donner un sens à notre trajectoire... Je poserais bien quelques questions, juste de quoi faire un bon article qui bien sûr en introduirait d'autres...

— Pas besoin de le questionner, rétorque-t-elle en se maintenant à ma hauteur. Publiez ses textes ! Ceux de Jérôme... Personne ne te demande d'en faire plus !...

Comment avouer que je me débarrassais de la précieuse cinquantaine de feuillets – que vérolé / tavelé me confia comme la prunelle de ses yeux – dans la première poubelle plantée entre père Étienne Marcel et mère Arts et Métiers ! Je ne saurais même plus dire laquelle !

— Avant de publier, il faut préparer le lecteur. Bocal, il faut le prévendre... Une rencontre permettrait une mise en appétit.

— Tu n'arriveras pas à le rencontrer... Je vous l'ai déjà dit, il fond dans le décor... On ne sait jamais où il se trouve...

— Ce bar Ragosse... me disais-tu.

— Un bar parmi tant d'autres... Rien ne nous dit qu'il y retournera... Tu comprends ?...

« Le scarabée se carapate », me dis-je. Mon insistance prend la forme d'une absurde polémique. Il suffirait que je la quitte pour retrouver une quiète indépendance et suivre un bonhomme de chemin vers le nord, pour chasser les effiloches de ce rêve récurrent. Hélas ! par quelle alchimie nos vibrations forment-elles cette queue-de-cheval entrelacée ?

— Emmène-moi ! Saphire… Emmène-moi là-bas !… Nous verrons bien !…

Nous voilà partis bras dessus bras dessous, elle rechignant et boudeuse, moi fier comme Artaban de m'exhiber avec cette jeunette jolie comme une aurore…

— Quel âge as-tu, Saphire ?…

— J'ai quinze ans et demi, presque seize…

« Ô là ! Ô là ! me dis-je in petto. Me voilà engagé avec une pubère ! Abrupte surprise sur prise de terre, me voilà bien ! », et dans l'instant je retire ma pogne de vieil adulte consentant et matois de son épaule tendre de fruit primeur. Si je persévère, je me dirige tout droit face au juge ; accusé, serais-je, de tentative de pédophilie ou d'inceste, car cette naïve pourrait être ma fille s'il ne suffisait qu'elle soit mineure ! Je me morigène – mais le même temps me persuade qu'elle immerge dans ma vie et dans mon plan bien à propos. Elle va me piloter dans les bas-fonds glauques et verdâtres de la capitale à la recherche d'une bonne partie de mes futurs articles, m'apporter sur un plateau des sujets de photos plus qu'il n'en faut pour illustrer. Elle incarne enfin l'ange gardien qui me laissait pour compte depuis un sacré bout de temps. Que Saphire me donne un coup de main et Boucau vaudra de l'or !

— Tu parais plus âgée…, exorcisai-je

Nous bifurquons vers le nord par le boulevard Richard Lenoir, puis entamons un petit morceau de rue de la Folie-Méricourt, avant d'entreprendre le quai de Jemmapes longeant le canal Saint-Martin truffé de petits ponts arc-boutés aux contes de fées. Nous sinuons dans le marché qui fleure bon les fruits et le poisson… Saphire gambade autour de moi, une vraie sauterelle. Nous nous dirigeons d'un pas de troupier vers la porte de Pantin au large du parc des Buttes Chaumont. Le bar Ragosse se trouve quelque part entre la rue de l'Ourcq et la rue de Crimée.

— Prends-moi en photo, demande-t-elle, en minaudant et en sautillant comme un cabri. Là devant le Mcdo…

— Crois-tu que Boucau, il trouverait ça bien ? le fast-food…

Bougonnant, je simule et clique sur l'obturateur verrouillé une fois ou deux, comme ça, pour amadouer. La pelloche en ces temps d'euros vaut trop cher pour la gaspiller à tors et à travers, d'autant que les façades de Macdo ne manquent pas à notre mémoire. Marcher à cette heure et à cet endroit procure une sorte d'euphorie qui ne s'explique pas. Saphire semble y trouver aussi du plaisir. Le soir tombe déjà. J'aime.

— Boucau ? Sais-tu d'où il vient ? demandé-je sans conviction, davantage pour intercaler une incidence que pour satisfaire une plate curiosité.

— Il apparut un jour comme ça, il y a une dizaine d'années. Moi je n'y assistais pas… Un vrai clodo racontait Jérôme. Un solitaire ! Il s'incrusta, tu comprends ? Petit à petit on s'habituait, on fournissait ce qu'il réclamait pour survivre, pas grand-chose à vrai dire… quelques clopes par-ci par-là… l'hiver, le café quand il gelait… Jérôme qui ne supporte pas la misère donnait ce qu'il pouvait… Ça ne devait pas être le même tabac dans les autres bistrots, crois-moi !

— Mais comment connais-tu l'existence les autres points de chute de ce loqueteux !

— Des phrases prononcées par des membres de la bande qui s'agglutinaient au fil du temps autour de Bocal... Tu comprends ? Des confidences... Et puis, j'avoue Monsieur le juge, je le suivis...

— Qu'écrivait-il ?

Question vide de sens. Qu'écrit-on ? Que recopiaient indéfiniment les moinillons branleurs de plume, qu'écrivent ou gravent les scribes depuis quatre mille ans, sans oublier la création du H, l'homme suppliant aux bras levés ? Qu'écrirons-nous encore avant que le langage informatique surcodé ne se substitue aux cursives – aux coursives ai-je failli dire –, et aux tirages limités, avant que les futurs initiés, entassés dans de minuscules cellules et scellés dans des costumes cravates de bures, n'envoient par le truchement de réseaux sur ligne d'intraduisibles langages surlignés !

— Je ne sais pas trop, je ne l'ai jamais lu, son manus !... se récrie-t-elle à cent lieues de ma méditation. Je ne suis même pas sûre que quelqu'un de ma connaissance l'ait lu !... Jérôme dit que les phrases s'accumulent comme des pans de tissu décousus... Une diarrhée ! tu comprends ? Déjà que la lecture de Blaise ou Marcel ne me réjouit pas !... Tu comprends ?

Elle ralentit. Notre marche forcée lui coupe le souffle.

« Pourquoi ne prenons-nous pas le métro comme tout le monde ? »

— Vous vouliez que j'obtienne sa publication...

— Jérôme, il voulait s'en séparer... Regarde ! Des pêcheurs ! Mon Dieu qu'attrapent-ils dans cet égout ?

— Dis-moi, Boucau, est-ce son vrai nom ?

— Je ne sais pas.

— Personne ne s'appelle Boucau !

Le dégingandé vient par le travers de la rue Saint-Hilaire de Pavois. Une rue traîtresse que vous n'attendez pas. Un grand adolescent – peut-être un peu plus vieux, vingt-cinq, vingt-sept à tout casser – qui déboule en Nike et blouson, tout maigre, le profil aigu et l'œil allumé. En réalité je ne le vis pas tout de suite. Il me fallut un peu de temps pour prendre conscience de sa présence au beau milieu de notre labeur.

— Je touche un peu la photo, dit-il aussi sec le regard tourné vers moi et la main baladeuse vers Sophie/Saphire l'adulte immature. Un Canon avec un zoom, l'idéal, non ?

Il règle son pas sur le nôtre, un pas déstructuré… Cela suffit à s'intégrer… Les militaires l'ont bien compris, une fois imposée la cadence, chacun s'y plie et voilà un début de communauté qui démarre !

— Je vous tire le portrait, d'accord ? propose-t-il en tendant une main aux doigts incroyablement longs vers mon outil de travail, Canon et accessoires – des doigts de pianiste aurait estimé ma mère qui ne pouvait s'empêcher de jauger la longueur de doigts de ses contemporains, comme d'autres un niveau d'huile.

Cette verrue éclose, ce condylome, nous emberlificote avec l'entourloupe la plus naze que je connaisse, une embrouille dans laquelle ne tomberait même pas un enfant de cinq ans, une de ces petites escroques vues cent fois sur le câble. Le principe consiste à s'emparer de l'appareil en donnant à croire qu'on rend service – Allez on ne bouge plus ! et le manipulateur se trisse vite fait bien fait le Canon et accessoires en bandoulière ! –, aussi simple que cela. L'apparition de ce suceur de temps ne m'arrange pas du tout. Saphire et moi entreprenons cette randonnée pédestre – ce trekking citadin – avec l'espoir implicite de débusquer Boucau et sa horde au détour d'un croisement. Nous retraçons le chemin qu'elle fit le jour où elle pista le messie de pacotille. Comment, me demandé-je, se débarrasser de l'intrus ? Si je l'envoie bouler, il me répondra que le champ de bataille de la rue offre le chaume à chacun. Il papote avec Fesses-de-béton qui s'amuse du son de la voix rocailleuse.

— Allez, dégage ! j'intime en roulant les épaules et en me cramponnant au Canon.

— La rue, elle appartient à tout le monde ! me répond l'escogriffe, l'œil mauvais.

Nous voilà donc revenus à la case départ de notre jeu. Il devrait se fatiguer à la longue, me convaincs-je à demi. Il ne poursuivra pas jusqu'au bout !

— Vous montez vers le nord ? questionne-t-il.

— Nous, on cherche Boucau et le Ragosse, Dugland ! répond imprudemment Saphire qui ne sait pas plus que moi ce que mijote ou manigance l'intrus. Ce rémora s'incrustera dans nos pattes et sucera notre épiderme s'il imagine une seconde que notre reportage pèse le moindre intérêt. Tout le monde pige en ce temps de chômage pour les travailleurs du traitement de texte !

Sa présence me perturbe. Je n'arrive plus à me concentrer sur l'environnement et les prises de vues que je souhaitais réaliser, de quoi planter un décor, donner de la matière pour introduire. D'ici que l'envie de pisser me reprenne, je perds à tous les coups la maîtrise de cette séquence !

— Appelle-moi Séverin, cocotte!…

— Moi c'est Saphire!… le maussade, c'est Luc

Bon sang! elle fait les présentations! Ce n'est pas demain la veille qu'il va décoller, ce Séverin-la-Glue!

Nous voilà comme des chenilles processionnaires crapahutant vers le nord à la recherche d'un reportage mal engagé, flanqué de ce grand maigriot à l'œil noir et à la bouche lippeuse – au diable la pige du futur que Pautre me réclame à cor et à cri! –, et pour ce qui me concerne un début de relation amoureuse qui s'effiloche si je me réfère à la fascination qu'exerce le jeunot sur notre pubère Seins-en-forme-de-Wigwam. Nous arpentons le bitume gris incrusté d'histoires récentes, de macules et de déjections. Un goudron sans âme aspirateur d'espérances et de désespoirs couverts de craquantes feuilles de platanes jaunies par l'automne. Nous croisons les premiers grappilleurs de poubelles avec leurs sacs à roulettes, professionnels de l'ordure partagée avec les chiens, autres bassets et pits.

Au bout du canal, devenu comme par enchantement celui de la Villette et bien avant celui transformé par un autre tour de passe-passe en canal de l'Ourcq, nous bifurquons vers le bar Ragosse, emmenés par Saphire-ondulante et clôturés par Séverin-la-Glue. Quand nous arrivons enfin devant le bistrot, force est de constater qu'il s'est volatilisé, emporté sans doute par une catastrophe naturelle, un ouragan – Leslie ou Edgar… ou bien soufflé par un attentat de derrière les fagots… Une sacrée explosion… Nettoyé! Un grand vide au milieu de cette rue peu passante. Un amas de gravats, de morceaux de charpente, de tuyaux dressés vers le ciel comme une poignée de serpents, un simulacre de palissade, quelques planches de bois, interdisent le passage. Qui put bien être responsable de ce désastre ? Pas de Boucau, donc, ça, c'est le bouquet ! Tout ce chemin pour rien.

— Cette rue est comme qui dirait édentée…, commente-t-elle.

La nuit s'installe. Cette sinistre rue déserte bordée de maisons claquemurées, occupées par des tricards et des squatters, scelle notre aventure. Séverin en retrait sort de sa poche un Bouygues – avec forfait Ultymo série limitée Millenium – à peine plus grand qu'une carte de crédit. Le visage dans l'ombre, il appelle un correspondant mysté-rieux, et s'éloigne en gesticulant. Au bout de la rue, il tourne à droite l'oreille collée sur son portable, puis dis-paraît.

— Plus de Boucau / Bocal ! Plus de Séverin / Rémora ! Alors, Saphire ! Le bout du voyage ?

— Prends-moi en photo devant la façade détruite de ce rade en démolition, me demande-t-elle haletante et plus bandante donc qu'une héroïne de peep-show. Un souve-nir… Tu comprends ?

— Il n'y a pas assez de lumière, rétorqué-je furieux.

À ce moment apparaît au bout de la rue une minuscule femme courbée – une sorte d'image pieuse entortillée dans un sarrau d'autrefois, un bout d'étoffe acquise au marché Saint-Pierre et qui sent bon le savon de Marseille. Elle porte un cabas incongru à cette heure tardive. Elle avance à petits pas. Elle s'approche de nous en soliloquant. De près, titu-bante, tellement ridée qu'elle semble affreusement vieille, peut-être plus de cent ans – le visage comme aspiré vers l'intérieur et les yeux durs comme du granit. Elle passe devant nous et s'arrête à quelques mètres face à la porte d'un petit immeuble, juste à côté de l'ex-Ragosse.

— Demande-lui! ordonne Saphire.

Je réagis au quart de tour. Je hèle l'ancêtre qui ne fait aucun cas de mes gesticulations, tout à l'attention qu'elle prête au boîtier d'ouverture de la porte d'entrée, tapotant de ses doigts arthrosiques sur le clavier. Je m'approche d'elle.

— Qu'est devenu l'établissement? lui demandé-je.

Le filet de voix est à peine perceptible. Je ne suis même pas certain qu'elle s'adresse à moi. En tout cas elle ne me regarde pas.

— Une bombe!... Pfuitt!...

Elle sursaute pour souligner son commentaire...

«Boum badaboum!... Boum un saut, bada un saut, boum un saut encore. Tout le monde craint maintenant!... Plus de tranquillité! Il faut que je parte, il n'y a plus rien à faire ici...»

— Savez-vous où se trouve l'ex-patron? Ou quelqu'un de sa famille?

— Il habitait ici, au-dessus de chez moi! Il n'est jamais revenu. Je suis seule à présent dans cet immeuble...

À ce moment la porte s'ouvre, elle s'engouffre dans l'obscurité du vestibule.

— Voyez Émir. Il habite au vingt-cinq! Lui sait tout!... Un marabout!

Elle me claque la porte au nez.

— Allons au vingt-cinq, discuter avec l'Africain, le vautour de Crimée!

— On bouge, Saphire ! Fini pour cette nuit ! Il est trop tard pour déranger !… On verra ça demain !

Je ne crois plus à cette histoire abracadabrante. On pense que tout se débobine comme un courant fluide, qu'il suffit de se laisser flotter sur les évènements pour tout régler sans effort. Tu parles, Charles !… Je vais me mettre sérieusement à l'article que je dois fournir à Pautre dans les heures qui restent avant le lever du jour. Je trouverai bien un sujet bidon – le gâtisme précoce de Sydney Pollack, par exemple, ou bien le dernier livre mortel de Houellebecq – … des sujets sur lesquels on peut faire une impro en claquant des doigts… Le mieux serait encore une resucée des tractations autour de l'infiltration anglaise de la vache folle, ou pire de celle, infectée, qu'on nous promet directement importée de la nation des Buffalos, de Siteule. Je dois avoir toute la doc et deux ou trois photos de la devanture d'une boucherie-charcuterie du onzième.

Je n'ai pas un sou sur moi, parti de mon deux-pièces à la va-vite. Je suis bon pour rentrer à pied et croyez-moi ! j'en ai plein les guiboles…

— Tu n'as pas cent balles, questionné-je. Pour un taxi ! On rentre chacun chez soi !

Dans le taxi, elle renaude, calée dans l'autre coin.

— Tu me gardes chez toi ?

— Non, dis-je, affolé à l'idée de sa présence dans mon intérieur… Je dois pondre un article…

— Recopie le manus de Boucau !

Sans fin.

# III
# Puis c'est le paradis

Je me réveille dans un état cartonneux. Je m'endormis à je ne sais quelle heure, stérile et ensuqué d'un whiskey de bouilleur de cru, le nez sur une feuille striée de traits et de dessins abscons, le stylomine à la main, tassé dans un vieux crapaud de cuir gratté jusqu'à la moelle devant l'écran tonitruant de la télé. J'émerge d'un rêve gluant dont de filandreuses nappes surnagent encore à la surface de ma conscience. Un homme dans une pénombre au visage comme de l'encre, dont on ne distingue que la main qui jette des feuilles de papier blanc. Elles forment comme un lit de lys, sur lequel je m'allonge avec Wigwam, pages qui nous recouvrent maintenant comme un drap immaculé sous lequel le corps nu de l'ado se frotte chaude et vibrante contre le mien. Une peau incroyablement liquide dans laquelle je nage une brasse hésitante. Une vieille de cent ans au moins, toute rabougrie, se penche vers nous – pfuitt, dit-elle, boum badaboum !... Sauvons-nous quand il est encore temps ! – tandis que la bouche gourmande de l'enfant pubère vient sucer la peau de ma gorge et que ses dents se plantent dans ma carotide... Je reprends conscience, en sueur, le cou bloqué par un douloureux torticolis, et une tiède érection me tend la peau du ventre. Bon sang de bonsoir, je n'ai même pas écrit une seule ligne de cet article que me réclame Pautre qui va me jeter définitivement de la rédaction de son gratuit. Je m'étire, me lève pour faire un café noir comme du goudron, histoire de me donner un coup de fouet. La pendule de la cuisine indique six heures. Je me dis que peut-être je pourrais utiliser un vieil article sur les épiciers arabes encore ouverts à onze heures du soir que n'ont pas encore réussi à déglinguer les Mammouth, Atac, Prisus et consorts…, en le relookant un peu par-ci par-là. Mais je me souviens que cet article justement m'avait été refusé pour épargner l'humeur des gros annonceurs ! Pautre, il réclame sa pâture, ses cinq feuillets mensuels d'article société quinzième qu'il me paye royalement trois cents francs nets le feuillet ! Le pratique c'est que je peux écrire n'importe quoi sur n'importe quel sujet parisien de société, peu importe l'arrondissement, il suffit de dire qu'ils sont extirpés du fin fond du quinzième, qui voulez-vous qui aille y voir ! Partout la même misère, les mêmes bistrots, la même délinquance qui va qui vient, des immigrés semblables les uns aux autres qui s'étalent, Chinois, Yougos, Bbeurs, Portugais… Le même béton tartiné sur les pavés, la même crasse, la même spéculation… Une idée me vient ! Encore une ! Le marabout ! Bien sûr, je vais torcher un article sur les marabouts prophètes qui entretiennent un lucratif commerce avec la crédulité des pauvres arabes logeant dans la capitale. Avec un peu de chance, je peux le coincer au saut du lit et terminer ma panouille avant midi. L'idée c'est de me faire passer pour un client et laisser délirer le diseur de bonne aventure. Je m'habille en quatrième vitesse. Je me finis d'un blouson de cuir râpé, ingurgite un second bol de café saumâtre pour me nettoyer les cellules tout en me caressant la joue râpeuse de mon vieux Braun à piles. Un peu de monnaie, mon Canon, un petit magnéto de poche quasi invisible et me voilà reparti pour le grand nord-est.

À six heures trente, je déboule dans la rue déjà enfumée par les gros camions qui déchargent des rouleaux de tissu devant les magasins des Chinois nouvellement installés dans l'arrondissement. De l'autre côté, gesticulante, Saphire me fait de grands signes désespérés. Mon Dieu depuis combien de temps m'attend-elle, plantée devant le distributeur de billets de la Société Générale. Cette fois, je prends l'initiative, je traverse et vais à sa rencontre. Elle à l'air fripé de ceux qui n'ont pas fermé l'œil de la nuit.

— Salut Luc! On retourne là-bas pour parlementer avec l'marbout africain?

Que lui dire? Que mon plan tourne la veste! que je m'intéresse au l'marbout en question pour d'autres raisons que le Boucau!

— Allons-y, mais avant je t'offre un café. Où as-tu passé la nuit?

Elle ne répond pas.

À sept heures la rue n'est pas plus passante que la veille. Dans le terrain vague qu'est devenu l'ex-Ragosse, cinq ou six enfants recouverts de poussière jouent en criant à la guerre de Kosovo et se balancent de grands coups de pied et de poing. Une sil-houette dégingandée disparaît au coin à l'autre extrémité. Une démarche et une allure qui ressemble à s'y méprendre à celle de Séverin-le-Rémora.

— On dirait bien Séverin qui tourne là-bas au coin, dis-je à Saphire qui trottine, onctueuse, à mes côtés.

— Je ne vois personne! Que veux-tu qu'il fiche ici à cette heure matinale!

— Rien de plus normal, sœur Anne, il tourne court!

Nous nous plantons devant le vingt-cinq. La porte d'entrée s'ouvre quand on appuie sur le bouton pressoir. Une publicité collée sur une boîte aux lettres indique qu'Émir Jalloum – le plus grand devin de tous les temps – exerce au troisième étage gauche. Nous grimpons les étroits escaliers de bois rongés par le temps. Une odeur d'encaustique mêlée à celle de la pourriture flotte entre les étages. Sur le palier du second, une porte s'entrebâille, laissant apparaître une ombre de visage. On distingue juste un œil traversé d'un éclat de lumière. Je tressaille sans trop savoir pourquoi. Une intuition ? La même publicité sur la porte du troisième nous informe qu'Émir reçoit de 9 heures à 13 heures et de 16 heures à 20 heures, sauf le samedi et le dimanche. Ça tombe bien pour un mardi ! bien qu'il soit encore tôt, mais peu importe puisque nous ne venons pas pour une consultation ! J'appuie sur la sonnette. Nous attendons sur le palier ; les bras de Saphire-aux-seins-pointus frissonnent autour de ma taille et son visage rayonnant s'enfouit dans les plis de ma chemise tire-bouchonnée. Ma paume enserre son épaule délicate comme une aile d'oiseau. Je communique un peu de ma chaleur.

— Il n'y a personne dans ce gourbi, ânonne-t-elle à moitié endormie ce qui n'est pas surprenant après une nuit de guet.

— Il vit peut-être ailleurs, ou fait les courses, attendons un peu ! dis-je en appuyant de nouveau sur la sonnette. Il dort !

Des éclats de bois à la hauteur de la serrure attirent mon regard.

— On dirait que cette serrure a été forcée !

— Peut-être est-il mort ? assène-t-elle, en se serrant davantage contre moi.

Un coup d'épaule, et la porte à peine maintenue par le pêne s'ouvre. Une entrée encombrée de piles de tracts publicitaires, de journaux et de vieux vêtements entassés à même le sol. Une peinture verdâtre craquelée et sale qui date de Mathusalem recouvre les murs. Une porte vitrée donne sur une petite salle de séjour et un couloir sur la gauche mène sans doute à la cuisine et à la chambre. Vêtue d'une robe de chambre marronnasse, Émir est étendu par terre en chien de fusil. Un trou au milieu du front suinte légèrement tandis qu'une flaque rouge s'étend sur le tapis sous sa tête. Le mur dégouline de sang et de morceaux de cervelle, évoquant les défigurations d'Asger Jorn. Le corps osseux replié paraît tout petit. Un pan découvre une maigre cuisse velue. Un rictus cerné d'une barbichette drue souligne les pupilles exorbitées. Du bout du couloir se mélangeant aux effluves rances, une odeur de café brûlé irrite nos narines.

— Il est bien mort ! répondis-je. Viens ! Ne restons pas là !

La mort ne ressemble pas à celle que la télé nous montre, du moins cette mort sanglante qui s'étale devant mes yeux, vision d'épouvante dont j'aurais souhaité protéger Saphire-Innocente qui ne paraît pas émue le moins du monde. Ni fraîche ni bouleversée… Je panique ! De nous deux je suis celui qui réagit le plus mal… J'en ai pourtant vu des cadavres – et des pas beaux ! – dans mes pérégrinations au travers du monde comme reporter de Match, à l'époque où mes confrères me considéraient comme un célèbre correspondant de guerre – rien à voir avec Michael Kehl –, quand je n'étais pas encore le vieil alcoolo qui pige pour le gratuit du quinzième de Pautre à trois cents francs le feuillet. Ce mort-là me terrorise. Sa terrible et glaçante exécution me bouleverse en son insupportable et étouffante simplicité!

Tournant les talons, j'aperçois un coin de feuille qui dépasse de sous la commode. Je me baisse et rapporte quatre ou cinq feuilles de papier griffonnées d'une interminable écriture bleue, abandonnées là par inadvertance... Je les glisse dans ma poche, roulées en boule – un réflexe! Nous descendons l'escalier quatre à quatre, traversant le palier du second sous le laser du regard brillant de l'occupant des lieux qui nous retapissera si on lui en donne l'occasion. Dans l'entrée de l'immeuble, la batterie de boîtes aux lettres me livre le nom du locataire du deuxième, Claude Ramy. Sur le trottoir, le tragique me saute aux yeux. Le bar Ragosse écrabouillé et le marabout troué de part en part forment bel et bien un ensemble compact, de là imaginer que les quelques feuillets froissés dans ma poche de blouson et Boucau – le prolixe auteur éparpillé – se mêlent étroitement à ce nettoyage, il n'y a qu'un pas que je franchis allègrement, cette constatation me foutant une peur blues aussi bleue que l'écriture du messie évaporé. L'ombre de Séverin-la-Glue entraperçue un peu plus tôt devient bien réelle – réellement inquiétante – et l'impression persiste que Saphire et moi sommes en danger de mort à partir de cet instant. Quant à l'article que Pautre exige dans l'heure, je ne m'en soucie guère, tout à l'unique et légitime objectif de sauver ma peau. Je triture ces idées noires avec cette lumière bleue, elle aussi décidément! qui vacille, du désir de Saphire, du besoin de sentir son odeur de rosée, ses doigts frais et électrique sur mon avant-bras, le son de sa voix tout simplement.

Cette fois, je l'emmène chez moi. Elle cuit et ramollit dans un bain chaud pendant une heure. Quand je jette un coup d'œil pour voir si tout va bien, je la découvre endormie, la tête reposant sur le bord de la baignoire. Je l'enroule dans une grande serviette de bain et la soulève entre mes bras. Son corps soyeux qui ne pèse certainement pas plus de cinquante kilos me tourne la tête. Je la serre contre moi avant de l'allonger dans mon lit, histoire qu'elle récupère sa nuit de veille. Je m'installe ensuite devant mon bureau dix-huitième – seul héritage de mon grand-père – que je transporte à chaque déménagement fuyant régulièrement les huissiers, les banques, les créanciers, le fisc, les maris cocus et les prospecteurs de tous genres qui vous passent et repassent au tamis de leurs fichiers informatiques. Je déplie et lisse du plat du pouce les feuilles froissées que j'extirpe de ma poche de blouson et je m'abîme dans le déchiffrement. Eh bien ! j'en suis pour mon argent. La pochette-surprise reste sans surprise, ou quasiment ! Sur la première feuille, une liste alimentaire écrite à la va-comme-je-te-pousse ne livre aucun secret, il s'agit d'achats à faire à l'épicerie du coin, tomates, raisins, boîtes pour le chat, tranches de jambon… Pour autant que je me souvienne il n'y avait pas de chat chez l'Émir à moins que l'animal n'ait été égorgé dans la cuisine ! mais je n'en crois rien… Et ce n'est pas Boucau, dont Jérôme disait qu'il ne voulait même pas faire acheter ses crayons par ses groupies qui se serait amusé à faire cette liste représentative de la société de consommation qu'il fuyait comme la peste. Ce papier n'appartient donc ni à l'Émir ni à Boucau. À qui donc ? Mon imagination me dicte bien un scénario possible, mais attendons de voir – par prudence –, et surtout cessons, me morigéné-je, de faire des conneries. Sur la seconde feuille, ce qui corrobore mes conclusions après la lecture de la première, quelques phrases et adresses semblent correspondre à un planning sur deux ou trois jours, du style *don't forget that*, voir impérativement Gendron samedi à 15 heures, ou bien passer à l'Hôtel-Dieu mardi à 14 heures, demander le professeur Jammot… un récapitulatif sans aucun intérêt… Peut-être que le prophète aurait pu rédiger ces notules, Boucau certainement pas… La troisième feuille est blanche… Sur la quatrième le dessin stylisé en quelques traits enfantins d'une femme allongée les bras en croix avec un pointillé au travers du corps, une sorte de découpe. Un dessin malsain qu'on peut faire en attendant quelqu'un ou quelque chose… Les quatre phrases écrites en diagonale sur la cinquième en une écriture large et bleutée sont bien de Boucau, mais décevantes sans liens apparents les unes avec les autres.

À l'époque on me disait monsieur
Le président me serrait la main (encore ce président !)
Julie me confia le document
Ma puissance semblait artificielle

En haut à gauche d'une fine écriture tremblée, des pattes de mouche, tout le contraire des grandes cursives bleues, d'une encre noire on peut déchiffrer Si long, si on s'applique. Qu'était donc si long à subir pour ce malheureux où quiconque d'autre, si long à attendre ou à écrire ? Il ne surgit rien de cette bouillie. Cette fois je ne les détruis pas. Je place ces cinq feuilles bien à plat dans le tiroir de mon bureau que je ferme à clé… Pourquoi ? Je serai bien incapable de le dire !

L'occupant du deuxième étage de l'immeuble du vingt-cinq de la rue Montenoir m'obnubile. Homme ou femme, il habite à côté de l'ex-Ragosse et s'intéresse de manière obsessionnelle – semble-t-il – aux allées et venues chez le marabout. Mais franchement retourner là-bas, très peu pour moi ! La trouille m'essore les tripes, je l'avoue. Le coin grouille certainement de flics et notre signalement doit être affiché sur tous les troncs d'arbre du pâté de maisons !

— Nous percutons de plein fouet un cul-de-sac ! conclué-je.

Entortillée dans une grande serviette la tête de Saphire ne surnage qu'à peine de mon peignoir de bain.

— Nous ne percutons rien du tout !… Jamais abandonner, voilà ma devise, murmure-t-elle d'une voix ensommeillée, à peine audible.

Je cogite à m'en péter les vaisseaux et je frôle le champ de pétéchies. Dans la marge du Monde, je note les points essentiels – un mémo en quelque sorte –, le manus de Boucau, le Kit Kat rue de la Grande Truanderie, Saphire qui s'introduit salement dans mon intimité, l'intervention filandreuse de Séverin-le-Rémora moins innocente qu'il n'y paraît, l'expédition inutile rue Montenoir au Bar Ragosse soufflé dans l'atmosphère, la petite vieille centenaire radotante, la tête trouée du prophète Émir avec son bonnet de laine, l'ombre de Séverin-encore-lui et l'œil inquisiteur de l'ange Claude Ramy. Enfin les quelques feuilles pauvrettes, insensées devrais-je dire – sans queue ni tête! Rien de déterminant dans ce fatras, mais sûrement un fil conducteur, un fil rouge, Boucau lui-même, le grand Boucau faiseur d'embrouilles sinon de miracles. Si long? Mais plus de pistes, sauf peut-être ce Ramy-à-l'œil-de-fouine qui seul pourrait nous révéler qui put bien écrire cette liste de commissions incluant des boîtes pour chat… La question subsiste de savoir comment interroger cet homme sans risque?

— Comment parvenir jusqu'à Claude Ramy, l'occupant curieux du deuxième? interrogé-je à la cantonade, c'est-à-dire moi et Saphire – Sapphô-l'entortillée – sans espérer de réponse pour autant.

— Je vais le faire, propose-t-elle courageusement.

— Pas question! répondis-je tout en me disant que cette idée comporte des avantages certains. Saphire passerait facilement entre les mailles, personne ne pourrait la suspecter du crime de la rue Montenoir ni d'avoir fait sauter le bar…

Saphire se jette sur mes genoux, nous rions, elle ouvre le peignoir, et frotte son corps nu contre ma chemise qu'elle déboutonne en se trémoussant. Puis c'est le paradis. Son corps tiède contre le mien parfaitement complémentaire, parfaitement compatible. Un corps qui tient dans mes paumes.

# IV
# T'es viré, Luc !

Qui se réveille le premier ? impossible à dire ! Je ne me souviens même pas avoir dormi. Nous sommes enchevêtrés dans un inextricable nœud de racines. Comme ces arbres qui plongent dans les fleuves tropicaux, nouant leurs bois sous la terre et l'eau, s'imprégnant de végétation pour se hausser encore plus haut vers la lumière. Un cantique… Nous jaillissons de cette immersion dans l'humus, asphyxiés, les poumons brûlants…

Nous vaquons aux occupations habituelles un matin de grasse matinée. Petits jeux d'eau, café ou thé agrémentés de petits pains grillés débordants de confitures aux amères oranges. Caresses et retour dans le creux du lit… Je tergiverse depuis un bon moment – l'aveu ou la dissimulation ? À chaque fois que je joue cartes sur table, je me fais déposséder en un clin d'œil de ma mise, et je reçois une sérieuse mandale par le travers de la figure ou un coup placé bas ! Cette fois l'environnement murmure un tout autre refrain – tout en courbes et rus aux berges moussues, en onctueux abandons et fermes redondances qui prédisposent aux sincères confessions. Saphire – mon amour –, pourquoi te mentirais-je ? L'univers devient lumineux et transparent, loin des nébuleuses requinos dévorantes ou des ogres affamés d'espace, nous ne dirons plus de mensonge, plus de maquillages de trous noirs ! Je me jette à l'eau.

— Le manus de Boucau…, avouai-je, le manus de Jérôme repose au fond d'une poubelle…

Voilà, c'est dit! Saphire-ex-Pubère s'en fout comme de l'an quarante, absorbé par un vieux cliché – l'application consciencieuse de vernis sur ses ongles carnés.

— Je ne possède plus le manuscrit de Bocal, insistai-je.

Elle lève des yeux bordés de cils extraordinairement longs, et me regarde, absente puis s'absorbe de nouveau dans la contemplation de ses doigts et de sa main, le bras tendu, pour admirer l'effet scintillant, à croire que ce que je dis ou rien c'est la même chose. M'a-t-elle entendu? La matinée traîne en longueur. Il faut que je bouge.

— Retournons rencontrer ce Claude Ramy dont nous ne connaissons que la pupille… Allons-y ensemble! Une fois là-bas, tu jetteras un œil dans le coin… Je t'attendrai dans un bistrot voisin, proposai-je. Si tout va bien, nous interrogerons le locataire… Un compromis.

Elle s'habille sans un mot. On dirait qu'elle boude comme une enfant. Nous montons vers le nord-est, moi au volant de ma vieille Saab, elle pelotonnée en chien de fusil sur la banquette arrière. En cette fin de matinée, la circulation redevient praticable.

Je m'installe dans un bar-tabac boulevard de Crimée, une extension de Casa la Blanche. Je commande une bière, malgré l'heure matinale. Je pose mon Canon sur un coin de table douteux, puis histoire de passer le temps, j'étale quelques feuilles de papier pour entreprendre au moins le plan de l'article de Pautre. J'inscris en haut à droite Article de Pautre, un début n'est-ce pas? Puis je reste sec, incapable d'ajouter le moindre mot. Même pas le titre, du style

Le Pain, industriel ou artisanal ? – pas bandant ! J'écris dessous Manuscrit de Boucau… Que fait Saphire ? Elle devrait déjà être de retour. Je prends racine depuis seulement quatre minutes, c'est dire combien le temps s'étire ! Je consulte la pendule murale, dix heures sept, laissons-lui, me dis-je, une petite demi-heure, pour monter les escaliers au second de l'immeuble du vingt-cinq, à moins qu'il n'y ait un planton qui en interdise l'accès… Ou bien Séverin-le-Rémora installé sur un transat devant l'immeuble une grenade à la main ? Si elle parvient jusqu'au second et, imaginons-le ! qu'elle cogne à la porte du voyeur – dont l'œil humide dans l'embrasure facilitera les présentations –, elle n'aura que quatre questions à poser que nous répétâmes à satiété pendant le trajet. Cher Monsieur, possédez-vous un chat ? Connaissiez-vous Émir, le prophète de midi ? Qu'advint-il au bar Ragosse ? Le nom de Boucau ou Bocal vous évoque-t-il quelque chose ? Cette enquête ne devrait pas durer si long. J'écris si long sur ma feuille. L'absence de Saphire me pèse. Je regarde une nouvelle fois la pendule qui indique dix heures neuf. Je n'aurai jamais la patience d'attendre trente minutes dans ce troquet qui ne désemplit pas… Des gratteurs de millionnaire et d'autres attrape-nigauds. Je regrette déjà de l'avoir missionnée en éclaireur dans ce traquenard, car si les flics envahissent ce squat, elle va tomber dans un piège, c'est sûr !

Juste à cet instant j'aperçois Séverin-la-glue – justement lui dont le souvenir me taraudait il y a quelques instants – , s'insérer dans la file en manque de tabac qui croît devant la caisse. Que fait ici ce suceur de temps. C'est bien lui, mais pas fringué pareil que la veille. De noir vêtu, plutôt élégant dans un costume déstructuré légèrement flottant, il semble plus âgé, plus sérieux également – un tantinet précieux, dirai-je. Je ne tiens pas à ce qu'il vienne me polluer l'espace d'autant que je souhaite garder mon indépendance et ma mobilité dans l'heure qui vient sans devoir trimbaler ce parasite!... Trop tard il me retapisse. Il vient vers moi après avoir acheté un paquet de Marlboro light. Il traverse la salle encombrée de Maghrébins et s'assoit délibérément à ma table sans y être invité, croisant ses longues jambes, alors que je ramasse mon Canon pour le planquer dans la poche de mon blouson.

— Luc, tu prends pension dans les beaux quartiers, m'apostrophe-t-il, un sourire de loup sur son visage en lame. Où se trouve la mignonne qui t'accompagnait. Un super coup! non?...

Il m'asticote.

— Et toi que viens-tu faire ici?

— J'habite par-là... C'est mon coin!

— Hier, tu t'es tiré comme un malpropre...

— Vous n'aviez pas l'air de m'apprécier, bien que la petite, on voyait bien que je ne lui déplaisais pas!...

— Bien! Heureux de t'avoir revu, dis-je en me levant et en regardant la pendule, dix heures vingt-cinq.

Saphire devrait arriver d'un moment à l'autre. Je ne tiens pas à ce qu'elle tombe sur Séverin qui va nous coller au train toute la journée. Je décide d'aller à sa rencontre en espérant ne pas la manquer. Il se lève avec moi.

— J'ai à faire... Lâche-moi un peu...

— Comme tu veux... Salut...


Il sort du bistrot de son pas élastique et nonchalant. J'accompagne son mouvement de repli et me dirige vers la rue

Marchenoir. Déserte, pas le moindre flic ni de voiture banalisée. Pas de chat non plus!… Je réalise que si personne ne donna l'alerte, il n'y a aucune raison que la police judiciaire envahisse toute sirène hurlante l'endroit qui reste aussi sûr qu'un parc d'attractions!… Pas de Saphire à l'horizon. Elle doit parlementer encore avec le *lookeur* de passants. Je m'approche du vingt-cinq après avoir longé le terrain vague ex-Ragosse qui me paraît plus lugubre de jour que de nuit. Je grimpe quatre à quatre les escaliers jusqu'au deuxième. Je sonne. Personne ne répond. Que se passe-t-il, bon sang? Je sonne de nouveau, laissant mon doigt appuyé sur le bouton pendant plusieurs longues secondes. Je m'affole. Qu'est devenu le locataire? dans quel trou a bien pu disparaître Saphire? Il n'y a plus un pékin dans cet appartement, à moins qu'ils ne tachent la moquette de leur sang, un orifice supplémentaire bien propre entre les deux yeux! Je redescends et arpente la rue. Pas une ombre ni dehors ni dedans! Désemparé, suis-je! Saphire me quitta il y a environ trente minutes, peut-être moins. Je retourne vers le bistrot de la rue de Crimée dans l'espoir qu'elle y revint empruntant un autre trajet, ce qui serait tordu de sa part puisque le chemin le plus court est celui qui me mena jusque-là. Le tabac grouille de monde, mais pas de Saphire!

Je tourne en rond et la journée se débobine comme une grosse pelote. Je vais et je viens entre le bar-tabac et le vingt-cinq où par deux fois l'impulsion de défoncer la porte au second me prend à la gorge. Je me calme! Je suis effondré! Saphire se volatilise à corps perdu me laissant sur ma faim! Que faire? Je ne connais ni son nom ni son adresse et je n'imagine pas m'en aller porter plainte dans le premier commissariat ! Que leur dirais-je ? À l'autre extrémité de la rue ne voilà-t-il pas la petite vieille centenaire qui arrive en trottinant jusqu'à ma hauteur.

— Connaissez-vous le locataire du deuxième étage au vingt-cinq de cette rue ? Là où vit le marabout ? lui demandai-je, la pressant de questions.

Elle me regarde de ses yeux métalliques.

— Au vingt-cinq, il n'y a plus personne… Seulement l'Émir… Il ne devrait plus rester bien longtemps… tout ce coin va être démoli…

Elle dévide un débit saccadé, craintive, le cabas sous le bras. Puis elle s'enfourne sous la porte cochère protégée par un inutile clavier. À qui appartenait donc cet étrange regard au second ? Quant à ces noms sur les boîtes aux lettres, ils n'appartiennent plus à personne.

Je rentre en sueur boulevard Voltaire, conduisant comme un tétraplégique. Je n'arrive plus à ordonner mon esprit. L'appartement semble vide. Je m'engonce dans le crapaud griffé. Incapable du moindre mouvement, je contemple d'un œil absent mon répondeur qui clignote rouge. Pautre y est tapi, plus furieux que jamais et cette idée me déprime davantage. Y sont enfouis aussi tant de rancœurs, de regrets, de compromissions, plus qu'il n'en tiendraient dans cette pièce… Ces deux jours traversèrent si soudainement mon territoire ! Cette nuit si courte imprima dans ma peau une odeur, une trace indélébile. Et pourtant il faut bien reconnaître que je ne fus pas le premier à faire le forcing pour faire entrer Saphire dans mon lit, bien au contraire ! Nous commencions à peine à nous humer, à nous découvrir ! Jamais, me dis-je, elle ne serait partie sans m'avertir ! Plus accroc que moi à notre fulgurante rencontre, prête à veiller une nuit entière pour ne pas me perdre, elle qui m'avait découvert au hasard de sa course, elle ne m'aurait pas quitté sans crier gare ! N'importe quel psy de bazar l'affirmerait, ça, je le garantis ! Saphire souffre quelque part, en danger, et moi ! je reste ici à me morfondre, incapable de la moindre initiative ! Je ferme les yeux et croche mes doigts sur les accoudoirs de cuir, ma paume passe et repasse ; je me convaincs que je pétris sa chair tiède, refusant de croire que cette chaleur soudaine n'est que la moiteur de mes paumes ; cette bouffée d'émotion, l'écluse rompue, libère mes sanglots.

Le Kit Kat. Si Saphire, perdue, tente de renouer le contact, il est clair qu'elle repassera par ce bar où nous nous sommes rencontrés, ou bien qu'elle y transmettra un message, un bout de papier, un appel au secours… Je reprends courage et mon cerveau se remet à fonctionner comme la machine à vapeur qu'il n'aurait jamais dû cesser d'être, ne fût-ce qu'un instant. Avant de repartir, libéré de mes noirs fantômes, j'appuie sur la touche message de mon répondeur.

« Ici Pautre… T'es viré, Luc… Ton article tu peux te le foutre au cul… Ne t'avise pas de me recontacter, tu en seras pour tes frais ! Et tu peux toujours attendre jusqu'à la saint-glinglin le règlement de tes piges et autres notes de frais dont tu m'abreuves quotidiennement !… »

Pas d'autre message, ni de Saphire ni de quiconque. Je replonge dans les fonds abyssaux de ma solitude en reprenant le couloir du dehors.

# V
# Combustion spontanée, n'est-ce pas ?

Ma montre indique dix-huit heures vingt quand je franchis l'entrée du Kit Kat. Jérôme s'active derrière le bar. Deux autres loufiats s'agitent entre les tables. Cet endroit est hanté par une faune hétéroclite d'Anglais, d'Allemands, d'étudiants en transit, d'habitués, de petits vieux, un mélange représentatif de toutes les couches de population imaginables. Je m'accoude au zinc luisant de taches, recouvert de cendres, et je balaie du regard la périphérie. Pas de Saphire. Un nœud m'étreint la cage thoracique beaucoup plus élastique que les parois de mon crâne si je juge la souffrance.

— J'ai perdu le manuscrit, interpellé-je Jérôme pour meubler, pendant qu'il me balance une Blanche de Bruges.

— Tenez, vous m'en direz des nouvelles !… Ah ! c'est vous le journaliste… celui d'avant-hier… Le crayon de Boucau, c'est ça ?…

Jérôme éclate de rire. Un rire qui ne me dit rien de bon. Il engage le tutoiement.

—… Ne t'en fais pas pour ce manus !… Il n'y a jamais eu de manus de Boucau, assène-t-il soudain en glissant un sous-verre de carton gondolé sous le bock. Ni de Boucau, d'ailleurs ! Un pseudo qu'inventa Saphire… La petite qui te baratinait méchamment !… Elle enjolive, cette môme… Une idée par seconde… Vois-tu ?…

Je ne vois rien du tout dans cette épaisse purée ! Jérôme

court à l'autre bout du bar servir sa plate Blanche agrémentée de rondelles à la peau squamateuse d'un triste jaune. Puis il revient vers moi.

« Le manuscrit de Boucau ? Je l'ai bien tenu entre les mains ! »

— Boucau, comme le nommait Saphire, il nous avait bien laissé quelques feuillets illisibles, tachés de graisse et de vin qui diluaient des phrases entières… L'idée germa à ce moment-là… Le truc de Saphire ! mon pauvre bonhomme. Nous recopiâmes quelques phrases et fabriquâmes un faux/vrai manuscrit distribué à tous les gogos… Voilà l'histoire… On en a distribué des kilos… Surtout aux journaleux, comme toi… Imagine un peu qu'une feuille de chou – celle du troisième ou du quatrième – publia un article à ce sujet il y a de ça dix ou onze mois !… Un truc du genre « le clochard futur prix Nobel »… Véridique !

Que dire ? J'ai pourtant touché du doigt une autre réalité !

À la réflexion, qu'ai-je vu ? Un bar plastiqué, un musulman mort, une vieille centenaire, cinq feuilles de papier à peine couvertes, un mémo, une liste de courses, un dessin d'enfant pervers, quatre lignes… Où se trouve Boucau dans ce charabia ? me dis-je ! J'aurais mieux fait d'écrire ce foutu article que me commandait Pautre, et payer le loyer de ce mois-ci ! J'imagine Saphire dressée sur ses ergots, le visage tendu vers le mien, m'interpeller de sa voix inimitable « Tu comprends ?… »

— En existe-t-il une autre copie ?

— Je t'ai confié la dernière en ma possession et si tu l'as

perdue, tant mieux !… Cette blague qui ne fait plus rire personne fait long feu.

Révélation terriblement humiliante que de se faire balader par un barman et une môme – une vexation pire qu'un coup de poing. Jérôme s'approche de moi. Avec tout le monde qui se presse devant son bar, je m'étonne qu'il passe autant de temps à m'agresser les oreilles et les tympans – les vestibules !

— … Il y avait bien un clodo autrefois qui écumait le coin parfois le matin, raconte Jérôme d'humeur confessionnelle… Il se plantait à la porte de la cuisine – celle par laquelle on sort les poubelles –, attendant l'assiette avec les restes de la veille. Un clodo, ça n'a pas de nom – Ducon ou Dugland ou rien. Celui-là prétendait écrire ses mémoires et qu'il en ferait tomber plus d'un. Il se prenait pour Fédor… Ils mythomanent tous plus ou moins ! Pour écrire, il faut un stylo, du papier, un coin de table… Personne ne lui en aurait donné un, et quant au coin de table et au café ?… Imaginez un essedef dégueulasse assis là-bas près de la vitre, aussi exhibé qu'une pute dans une vitrine d'Amsterdam !… Il ne resterait plus un seul client dans ma salle !…

Quel bavard impénitent ! constaté-je, bouleversé par le monologue disert de cet enfant de putain !

— Saphire, elle ne peut pas s'empêcher de monter des coups… Elle s'exprime comme çà… Chacun cultive sa manière !

Ce fauteur de troubles commence sérieusement à me les secouer. Je ne peux quand même pas le laisser déblatérer autant de conneries à la minute.

— Tu pétris la farine, toi aussi ! Si tu n'avais pas enchéri, je n'aurais pas plongé dans cette arnaque puérile!… Le bar Ragosse, tu connais? Détruit par qui? demandé-je prêt à exploser comme cet endroit au bout du monde, disséminé dans l'air en particules de béton. L'explosion du Ragosse? Qu'en dis-tu?

— Rien. Qui te dit qu'il sauta? Peut-être ne s'agit-il que d'une démolition ordonnée par la mairie! Le Ragosse était certainement aussi délabré que la vieille qui habite à côté!… Peut-être un règlement de compte comme le meurtre d'Émir! Qu'en sais-tu?

Il demeure silencieux un bon moment en se frottant le front de l'index. J'attends qu'il se décide, le regard plongé dans le liquide ambré de Bruges.

— Ceux qui côtoient un peu tant soit peu les sans-logis connaissaient le bar Ragosse! un lieu de rencontre ouvert toute la nuit. Ils étaient nombreux à s'y retrouver au petit matin… Ce Boucau, ex-Dugland, il aurait très bien pu s'y trouver avec ses copains de misère!

Ce qu'il raconte me semble finalement moins crédible que le conte précédent. C'est hélas l'impression que la réalité nous donne parfois.

Le choc me trouble. Depuis que Jérôme me confia le manuscrit, ma vie changea. Saphire, Boucau, le danger me fouette le sang et m'étreint les viscères. Je me sens mieux, indiscutablement beaucoup mieux qu'avant… Puis retour sur image! la réalité redevient morose… Le scénario nous bidonne… et les acteurs ripent… un dégagement, sans plus. Plus terrible encore le constat que ma passion pour Saphire-la-mytho dégringole dans d'inhabituels territoires gelés, que le soufflé dégonfle aussi vite que le derby… À croire que mon violent désir se reflétait seulement dans le miroir du manus de Boucau qui in fine partit en fumée. Passif, j'observe, le désir dénoyauté, les atomes qui se décrochent sans crier gare! comme des tiques qu'on endort à l'éther… Elle me blouse, me vole le blues et supprime sous le regard corrompu de Jérôme d'un trait Boucau… l'occit aussi sûrement que si elle lui tranchait la gorge… Je leur en veux! Mais je n'aurais jamais pu sauver ce fantôme… Je vais maintenant m'attaquer au foutu article que je pourrai peut-être fourguer à Pautre quand il se calmera et reviendra à de meilleurs sentiments. Le titre me vient cette fois d'un coup Le pain industriel vaut-il le pain artisanal ou bio? Un thème qui devrait émouvoir les personnes âgées dans le quinzième. Je quête un stylo pour le noter sur une serviette de papier. Peut-être que Pautre n'en voudra plus m'ayant rayé de son carnet d'adresses, je n'ose y penser. Je ressasse l'idée absurde que cet article me sauvera, m'y raccrochant résolument.

La bière m'enivre. Une floconneuse tourmente m'échauffe la cervelle quand je m'agrippe au volant de ma voiture garée n'importe comment à une bonne centaine de mètres du Kit Kat. Je m'engage dans la rue Beaubourg quand soudain les langues de feu sortent du boîtier de commande entre les deux sièges de devant. Nom de Dieu, ma voiture brûle! Les flammes bleues et rouges montent jusqu'au plafond et l'incandescence irradie tout autour. Je me jette littéralement sur le trottoir au beau milieu d'un monstrueux capharnaüm de klaxons, dérapages et cris de fureur… La Saab reste comme un gros poisson pris dans les glaces en travers de la rue, l'avenue devrait-on dire en parlant de cette artère principale. Tout autour les voitures s'immobilisent. Certains conducteurs choisissent la fuite et l'éphémère protection des portes cochères. « Ça va sauter ! », entend-on crier de partout. Curieusement, c'est l'habitacle – et lui seul ! –, qui flambe douillettement offrant un peu de chaleur aux badauds… Quand les pompiers arrivent, tout l'intérieur, garniture, tableau de bord et siège en cuir ont cramé, et le feu s'est éteint de lui-même. Ce qui n'empêche pas le carnage. Les rutilants casqués et bardés dépècent sous mes yeux le véhicule comme s'il s'agissait d'une baleine à bosse. Un vieux monsieur qui semble compatir à ma détresse s'approche de moi.

— Combustion spontanée, n'est-ce pas ? me dit-il pour me rassurer. Ça arrive beaucoup plus souvent qu'on ne le croit ! Tenez, ma femme par exemple…

Je ne l'écoute plus. Je contemple abasourdi cette mise à mort. Il fallut deux jours pour que l'univers ouaté dans lequel je somnolais bravement me pète à la gueule comme un tomahawk. Je viens de perdre ma voiture, mon travail et un ami – parce qu'on pourra dire ce qu'on voudra de Pautre, je ne l'appréciais pas seulement pour ses maigres chèques de fin de mois… Je vais me faire expulser de mon appartement, incapable d'en assumer le loyer – le syndic, Pionca, pratique la lettre recommandée et l'injonction comme d'autres le balai… Je perds la femme que je viens juste de découvrir à la corne du bois – à laquelle je tenais, je peux l'affirmer ! plus que tout autre au monde –, pire je perds l'amour transfigurant que j'avais pour elle – comme si je me dissolvais moi-même !… Le plus terrible, sans doute, c'est l'espoir déglingué du manuscrit volatil de Boucau – manus soluble dans l'air comme une aspirine effervescente – qui n'exista jamais si l'on en croit Jérôme-le-tavelé… et la virtualité express de Boucau/Bocal, personnage fantomatique pourtant si attachant, à peine entré dans mon univers de pigiste vorace. Je regarde abattu s'en aller les quartiers de tôle de la carcasse fumante, aussi douloureusement que si c'était des morceaux de moi-même ; j'observe, effondré, la circulation pulser de nouveau une bonne pintée de sang après ce sacré infarctus, et renaître le train-train tonitruant que le sort qui m'abat avait juste figé quelques instants.

# VI
## on souvenir me ronge

Je suis revenu quelques fois au Kit Kat. On dit que les assassins reviennent toujours sur le lieu de leur crime. J'ai rencontré de nouveau Jérôme-le-tavelé que je ne portais pas vraiment dans mon cœur et qui me balançait de la Blanche de Bruges sans discernement comme si je pouvais ingurgiter sans incontinence ces litres amers. Il ne parlait plus du manus de Boucau. Pour lui il s'agissait d'une affaire close.

— Boucau ? Pourquoi ce nom ? lui demandai-je une nouvelle fois pour maintenir une complicité, aussi ténue soit-elle.

— Je ne me souviens plus de l'origine, grommela-t-il. Ce nom émergea, sans doute comme la création du monde, sans raison. Nous le surnommions Boudu-sauvé-des-eaux parce qu'un matin qu'il faisait le pied de grue devant la porte des cuisines dans la cour de derrière, alors qu'il tombait des trombes – une vraie tempête qui faisait trembler les marronniers — … il était là piétinant d'un pied sur l'autre, trempé comme un poussin qui sort de l'œuf… quelqu'un dit alors Boudu, sacré Boudu-sauvé-des-eaux ! Ce nom lui resta un temps, puis ce fut Bouduzau ou quelque chose d'approchant… ou Bouzeau je ne me rappelle plus vraiment… Boucau, une invention de Saphire ; Bocal enfin, une dérision !…

Nous avions des conversations de ce genre. Des morceaux de rognures du passé comme le bout de crayon qui tournaient chaque fois comme un manège autour de Saphire ou de Boucau et qui nous liaient chacun à leur façon. Puis un jour il me prit à part, un jour de franche pénurie de nerfs, où morose à la frontière de la dépression prêt à franchir la coupe nette du bord de page. Il vint m'apostropher à l'extrémité du bar où je m'étais réfugié. Il tenait un grand bock de Blanche pour laquelle je n'avais jamais osé dire toute mon aversion ; il était flanqué d'un rictus corrodant.

— Ce n'est qu'un jeu, Luc. Tu dois prendre ça comme un jeu sans plus. Tu gagnes ou tu perds, et tu en recommences un autre quand tu as fini le premier. Un jeu, sans plus…

Je ne me baissais plus pour ramasser dans les détritus des bouts de choses qui me tiraient l'œil…

— À chaque fois que tu te penches, tu te fais enculer…
, me sermonne Jérôme en souvenir du crayon. Cet esco-griffe ne peut s'empêcher de vous faire des cours de morale en veux-tu en voilà !

— Saphire ne vient plus ici ? demandé-je mi-question mi-constatation d'une voix pas très assurée.

— Saphire ? Ça fait un bail que je ne la vois plus… La dernière fois c'était avec toi… Elle n'est jamais revenue… Elle nous manque à tous… Qu'y faire ?

Son souvenir me ronge. Je pense à elle à chaque mo-ment du jour ou de la nuit. Je serais prêt aujourd'hui à lui pardonner ses mensonges ou sa mythomanie, peu importe le nom qu'il faudrait donner à ce goût de la mise en scène grandiloquente des petits paragraphes anodins de la vie quotidienne. Cette manière qu'elle avait de considérer ses semblables comme des pions manipulables. Elle créait son petit cirque personnel avec de la matière humaine… Je lui pardonne, mais faites, je vous en prie, que je puisse encore l'étreindre, la serrer entre mes bras et m'enivrer de l'odeur de sa chair !

—Savez-vous, me dit le grand tavelé, que cette idée du manus, c'est Saphire qui la manageait comme un chef d'en-treprise ?… Elle traquait le gogo, le levait sans coup férir et le chauffait comme un chef cuisinier expérimenté, toute ado qu'elle respirait… Parce qu'elle n'était pas vieille, croyez-moi, peut-être treize ou quatorze ans maximum !… Moi, je l'admirais cette petiote !… On pourrait dire que je me mettais à son service, moi, l'homme de bar… Elle in-ventait, j'exécutais !…

Je devrais lui casser la gueule ! Je crois que c'est la der-nière fois que je mis les pieds dans cet endroit.

# SUDESTE

# VII
## Si long, mon Dieu !

Marve m'asticote dès le matin. Il exige sous vingt-quatre heures dernier délai – je devais le lui remettre avant-hier soir – cet article sur le quartier chinois de Paris qui ne cesse de proliférer. En guise de quartier nous avons droit à l'orange entière avec un centre décisionnaire quelque part au fin fond du treizième, une famille dirigeante riche et commerçante. J'ai donc pris rendez-vous avec les frères jumeaux Tchang. Un seul m'a-t-on précisé me recevra. Vingt minutes pas une de plus pour un rendez-vous balisé, déjà rédigé, ce qui me fera du travail en moins...

Exceptionnellement je sors Peuge du garage – le tas de ferraille que j'achetai d'occasion après la mort de ma vieille Saab, désossée et incinérée dans les affreuses conditions que vous savez –, et m'insinue dans l'éternel bouchon enfoncé jusqu'au trognon dans le trou du cul de la capitale. Gare d'Austerlitz, boulevard de l'Hôpital, Place d'Italie

– on avance vers le sud –, puis direct sur Shanghaï ou
Hong-Kong. Sur le plan c'est apparemment simple. Vou-
lant éviter les atermoiements circulatoires – les stases,
comme on dit –, je joue au plus fin et me retrouve passage
du Moulinet, de l'autre côté de l'avenue. Je cherche à sortir
de cette impasse, tourne en rond d'une rue à l'autre, tente
de me repérer d'un bistrot l'autre, passe deux fois devant
le Silong… Si long! Mon Dieu!… Si long!… Cette découverte inopinée me laisse sur le flanc… Me reviennent douloureux comme une dent gâtée les relents de ces derniers
jours du mois d'octobre, l'année dernière, qui m'avaient
laissé exsangue, aussi sec qu'un paquet d'os… Ce souvenir
au goût de Blanche de Bruges vient soudain me graisser
les muqueuses, bien avant la saveur salée de la peau de Saphire et l'impression de sa lappeuse langue de chatte sur
la mienne. Plus floues, nos étreintes… Puis cette histoire
abracadabrante du pseudo-manuscrit de Bocal, ou de Boucau pauvre hère transfiguré par Jérôme le psycho barman
tavelé/vérolé du Kit Kat, l'infâme rade où je n'ai jamais
remis les pieds depuis ma dernière escapade, et l'ultime
dialogue avec Saphire-aux-seins-en-forme-de-Wigwam –
mon Dieu que les mamelons/étendards de cette jeunette
s'érigeaient bandant comme des dards… Je perdis beaucoup d'assurance et d'illusions – les dernières? Mais nous
possédons chacun une telle faculté d'oubli! Pautre me
vira comme un malpropre de son journal… Et je n'entendis jamais plus parler du plus grand prophète du monde
– Émir l'marbout – qui gisait sanglant sur la moquette de
son salon… Ces images défilaient en accéléré dans mon
esprit, dont j'apprenais avec épouvante à l'écoute de ma
radio, cherchant à me garer, qu'il avait la faculté de pren-

dre du volume contraint toutefois dans une boîte crânienne solide comme du béton… Comme une bite qui ne pourrait plus se dresser, gorgée de sang, coincée qu'elle serait dans une petite boîte fermée à clé… Mon cerveau en ce moment cogite pourtant à plein rendement, à croire qu'il y a de la marge entre lui et les immuables parois de mon crâne. Je me remémore très bien ces deux mots Si long, écrits en haut d'une page, que je recopiais sur tous les morceaux de papier qui me tombaient sous la main, parfois en fronton de mes articles, comme un mémorandum ou un en-tête de lettre, Si long, deux mots qui m'obsédaient et qui revenaient en catimini me lécher comme un ressac. Et ne voila-t-il pas que je tombe par un extraordinaire hasard sur ce bar restaurant, Silong en un seul mot, mais qui évoque si crûment un récent passé ? Je me gare dans un espace réservé aux livraisons avec l'intention d'aller voir de plus près cet établissement, en souvenir du fantomatique Boucau – je lui dois bien cette incartade.

Je franchis la double porte vitrée. De la vaste salle mal entretenue à demi encalminée dans une pénombre épaisse suinte la crasse. Les chaises posées à l'envers sur les tables, les pieds dressés vers le plafond ressemblent à un escadron armé de lances. Une vague odeur de graillon flotte à hauteur d'homme. Derrière un bar caché dans la partie sombre, un homme à contre lumière range verres et cendriers.

— C'est fermé, m'apostrophe-t-il.

— Juste pour un renseignement, plaidé-je.

— Nous ne faisons pas renseignements ici ! Ils reviennent trop cher ! se récrie-t-il.

L'homme n'est plus jeune et affiche un vague air asiate. Je dirai qu'il se bat avec une soixantaine vicieuse et terreuse – et ce n'est pas lui, semble-t-il, qui prend le dessus – avec comme seul bouclier une moustache qui dégringole jusqu'au bas du triple menton.

— Boucau ? fais-je du bout des lèvres.

— Répétez-moi un peu ça ! Injoncte-t-il.

— Boucau, vous dis-je. Ce nom vous dit-il quelque chose.

— Non !

— Un essedef littérateur qui écrirait une bible biographique ? Vous ne connaissez pas ?

L'homme du bar cesse un instant d'essuyer sa vaisselle. Il lève la tête vers moi. Des yeux noirs et rouges comme du charbon braiseux me transpercent ne me considérant pas mieux que de la dentelle.

— Ici me dit-il il n'y a que des essedefs qui viennent le soir. Nous les logeons dans l'arrière-salle... Quand ils ont un peu d'argent, nous leur préparons une soupe de légumes... Votre Boucau, il peut très bien se mélanger avec les autres. Nous les noms on ne les connaît pas. Quelques surnoms parfois pour les habitués, président, premier ministre, sénateur, garde des Sceaux... faciles à retenir, n'est-ce pas ? Quant au manuscrit de ce Boucau, alors là c'est plus complexe... Parce qu'un manus se balade effectivement dans la communauté. Est-il de Boucau ? Il appartiendrait, dit-on, à Métropole – un nom de guerre ! – ... un manuscrit passé de main en main à l'origine douteuse... Je fais du café, en voulez-vous ? Un vrai !...

Je sens qu'on va me refaire le coup, et que ce barman

va me sortir de sous son zinc un nouveau manuscrit vert cette fois et qu'il va me le brandir sous le nez… Je me prépare au pire.

— Métropole, dîtes-vous ?

— Venez voir ! et il me conduit dans une arrière-salle. Un endroit qui pue de manière inimaginable. Le bouc, une porcherie, qu'importe ! Le long des quatre murs s'étalent des sommiers posés à même le sol, revêtus de toiles déchirées, maculées. La pièce est inoccupée.

— La nuit, dans cette salle nous pouvons loger une douzaine de personnes. Ils s'entassent à vingt-cinq, voire trente… Autrefois cet établissement abritait des partouzeurs. Les couples buvaient et mangeaient dans la salle, puis ils venaient s'échanger dans cette pièce sur ces matelas, les mêmes qui servent aujourd'hui de lits aux sans-logis… Des hommes, des femmes, des enfants parfois…

L'homme aux bacchantes tombantes se tait. Il tapote le rebord d'un sommier.

« Métropole il ne vient plus souvent ici… parfois pour boire un café… Il écrivit un livre et passa chez Pivot… Depuis il se considère comme une star – même si la vente de son bouquin ne dépassa pas les cinq cents exemplaires… Nombreux sont ceux qui prétendent qu'il vola le manuscrit… Alors celui qui traîne aujourd'hui, qu'en dire ? »

J'en dis que ce vieil homme bavard me soûle.

— Si Métropole n'en est pas l'auteur, alors qui ?

Le vieil homme hausse les épaules.

— Boucau, disiez-vous ? Un collectif ?…

— Ce manuscrit… il raconte quoi ? demandé-je encore.

— Qui sait ? Les commentaires qui vont et viennent

évoquent un ancien patron de syndicat, une affaire d'État qui tourne mal, des responsables impliqués dans d'étranges affaires malpropres – trop sombres –, je n'en sais pas plus et je ne connais personne qui put lire les bonnes pages de ce manuscrit mythique !

Le laïus impitoyable de cet homme terré dans ce rade à essedefs perdu dans la brousse du treizième me redonne confiance. Je ne peux m'empêcher de croire que ce manuscrit de Métropole est un nouvel avatar de celui de Boucau, celui que d'irrationnelles puissances m'avaient adroitement subtilisé il y a près d'un an ; ni de penser que je sors enfin du périmètre d'action du sort jeté... Le destin – mon ange gardien – qui me mène au Silong, me remet en selle pour de bon... Au bout de cette quête je renouerai avec le succès et que cette fois sera la bonne...

— Je m'appelle Luc, dis-je au vieil homme en lui tendant la main une fois le café servi. Il me sourit enfin, libérant sous sa rogue un bon sourire d'homme qui consacre sa vie aux plus déshérités. Il me serre chaleureusement la main.

— Moi, c'est Wu, Samuel Wu. Mon père était un Chinois de Hong Kong et ma mère anglaise.

Le temps passe. Au diable l'article de Marve, mon nouvel employeur ! il attendra bien quelques heures supplémentaires d'autant que les Chinois du treizième ne partiront pas demain à la cloche de bois ! Au diable le rendez-vous avec le maître jumeau de la mafia. Le texte déjà écrit de l'interview bidon sera toujours disponible, demain ou un autre jour ! Je me laisse aller et nous devisons tranquillement, échangeons nos connaissances, des bribes de culture et de théologie. Samuel pose sur la table un jeu de Go. Nous amorçons une partie en cette fin de matinée. Le paisible comportement de mon partenaire donne le sentiment que ma présence le rassure, si j'osais je dirais qu'il m'espérait… Il se comporte comme si le temps n'existait pas… et que nous étions de vieilles connaissances… Nous nous appliquons sur la stratégie et le territoire dans le jeu duquel il faut savoir se protéger à tout instant des coins, des bords et du centre.

— Comment puis-je rencontrer Métropole ?

— Ce n'est pas lui qu'il faut voir, me répond Samuel posant un petit caillou blanc, traçant une ligne infinie frontière entre le réel et la forme mouvante de l'avenir. « Ce soir si tu as la patience, je te présenterai quelqu'un qui te servira de guide dans ce dédale, une personne qui devrait t'obtenir ce manuscrit, au moins une partie… »

— De qui s'agit-il ?

— Patience ! et Wu replonge dans l'observation du damier. « Seul Dieu peut à la fois maîtriser le hasard et la loi ».

La pendule au-dessus du bar indique vingt et une heures trente. Je traversai le lac étale de cette journée comme un enfant en paix avec lui-même face à ce vieux sage drôle et bienveillant. Nous avons accroché le temps au lustre antique de l'établissement, patère inattendue, et notre esprit reposa entre les lignes tracées par les petits cailloux noirs et blancs. Un pur plaisir entre parenthèses loin de la folie du monde. Des gens investissent à présent le Silong. Ils s'avachissent le long du bar ou s'attablent par petits groupes. Artistes, sans logis, chômeurs, parasites ou simples consommateurs, ils emplissent la salle qui s'enfume au fil des heures. Un tabac fort, un tabac de pauvre, un tabac brun âcre qui gratte les poumons tel un râteau. Un jeune homme frêle et peu causant, au visage blême, débarque vers vingt-deux heures pour aider Samuel. Un petit groupe franchit la porte vitrée. Deux hommes et une femme – une jeune fille plutôt d'un âge indéterminé, vêtue d'une robe flottante autour d'un corps enrobé. Les cheveux roux bouclés qui lui font comme un soleil autour d'un beau visage ; un piercing à la narine. Saphire ! Elle ne ressemble pas du tout à l'image en apesanteur que je conserve dans mon esprit. Cette adolescente, presque femme qui entre au Silong est plus empâtée, plus grande, plus souveraine que l'enfant immature que j'ai connue. Le maintien de jeune impératrice de celle-ci n'a aucun rapport avec le comportement brouillon de celle-là. Mais je sais de manière irréfutable qu'il s'agit bien de Saphire-ex-Pubère, de Saphire-ex-Seins-en-forme-de-Wigwam, de Saphire dont la simple évocation de la peau laiteuse me fait encore trembler de désir. Le regard qu'elle plante dans le mien en entrant dans la salle – comment m'éviter puisque je ronchonne assis au bar face à la porte d'entrée – n'exprime rien qu'un profond dédain comme si je représentais la lie de l'humanité. Elle s'installe avec ses amis, gardes du corps ou amants, aux creux de confortables fauteuils de bois autour d'une table inoccupée, réservée sans doute de soir en soir.

— Viens, m'enjoint Wu. Que je te présente ! Il me précède de son pas feutré et glissant. Il s'adresse avec condescendance à la tablée, plus particulièrement à la reine des lieux, à l'abeille mère. «Luc cherche le manuscrit de Métropole». La langue me démange. Ô ! Que souhaiterais-je ajouter Manus de Boucau pour titiller le passé, et comme j'aimerais éveiller la mémoire chancelante de cette beauté rondelette ! Un des deux hommes – le plus jeune – se lève et prend doucement, mais fermement le vieil hôte par le coude, sans un regard pour moi.

— Laisse-nous Samuel, Sophie ne veut voir personne ce soir, ni ce monsieur ni quelqu'un d'autre…

Le vieil homme se retourne vers moi, levant ses deux mains dans un signe d'impuissance.

— Ce sera pour une prochaine fois. Demain ou un autre jour.

Interloqué, avant de me regreffer au zinc, j'espère un signe de cette jeune femme. Elle garde les yeux obstinément baissés, mais ne peut semble-t-il éviter un tressaillement à peine perceptible, un frémissement à la commissure des lèvres et la légère crispation de la main posée sur la table. Saphire, ô ! Saphire, ou Sophie ! qu'en sais-je ? ne méprise pas ma peine, ne me laisse pas choir dans le gouffre de mon esprit, accorde-moi ton attention !…

Une main se pose sur mon épaule et j'émerge en sursaut d'un trouble sommeil, la tête enfouie au creux de mes bras accoudés sur le comptoir.

— L'heure du départ vient de carillonner, claironne Samuel.

La pendule indique cinq heures. La salle est vide, mais je perçois venant de l'arrière-salle des raclements de gorge, des ronflements, des soupirs…

— Ils dormiront jusqu'à sept heures, puis retourneront au caniveau jusqu'au soir !…

Je m'installe dans Peuge non sans avoir donné un coup de pied furieux à cet amas de tôle que je déteste cordialement.

# VIII
## Sans tapoter par exemple
## un coin de canapé

La journée s'étire sèchement. Vers douze heures, Marve me passe un coup de fil chaleureux pour savoir comment se déroula l'interview de la veille. Je ne m'éternise pas, lui assénant le baratin qu'elle souhaite entendre. Je me lance dans une superbe improvisation sur mon pseudo-entretien, agrémenté d'une multitude de détails, lui promettant la lune, c'est-à-dire l'article pour le lendemain matin avant neuf heures – mais oui je le déposerai moi-même… mais non, ne t'en fais pas il sera sur ton bureau dès l'aube ! –, et voilà encore quelques heures de gagnées… Je n'arrive pas à rester en place, tournicotant dans mon appartement comme le malheureux que je suis… Enfin incapable de me fixer sur une simple tâche, je décide de déjeuner d'un sandwich à la boulangerie d'à côté. Sur le trottoir un homme – celui qui m'opposa une fin de non-recevoir hier soir à la table de Sophie/Saphire – m'interpelle sans cérémonie.

— Elle vous attend…

Un grand osseux pas commode avec des mains comme des planches à découper et une voix granuleuse. «Cet homme doit mâcher ses prothèses», me dis-je pour me donner un peu d'épaisseur. L'agressivité de cet homme au visage taillé à coups de serpe me surprend toutefois. Le ton de cet inutile intermédiaire induit une menace impérative qui ne se justifie pas. S'il savait que je ne pense qu'à elle et que la perspective de la revoir me fait l'effet d'un formidable antidépresseur! Un simple coup de fil aurait suffi pour que j'accoure presto. Je me repose sans résistance donc entre les mains de ce mentor. Qu'il m'emmène retrouver Saphire! Je me rends!

Marc me trimbale dans sa Merce d'occase vers les hautes tours du treizième, de gros pavés saucissons de vingt ou trente étages, dans les corridors desquels une mafia asiate échange et commerce de drôles de produits illicites. Au dernier étage d'une tour de ce type – dans un appartement cossu, si l'on expertise les bibelots juchés sur des étagères de verre –, Mérou, l'autre garde du corps de Saphire, me tripote à la recherche d'une arme ou de je ne sais quoi d'autre et je vois arriver le moment où il va me mettre un doigt dans le cul si je n'y prends garde. L'appartement est vitré sur la largeur d'un pan de mur. Sophie/Saphire étalée de tout son long sur un canapé recouvert de languettes de cuir bariolé, les yeux baissés, grippe le combiné d'un téléphone portable miniature

– bouée de dernière urgence – dans lequel elle chuchote des mots inaudibles dans une langue que je ne comprends pas. Je l'observe, elle a tout au plus quinze ans, mais paraît tellement mûre aujourd'hui. Peut-être cette nouvelle corpulence la vieillit, à moins que ce ne soit ce rôle de général de troupe invisible... Elle lève enfin ses yeux, se fend d'un sourire, un rictus devrais-je dire dans lequel ne surnage aucun grumeau de tendresse. Cet accueil me réfrigère. Elle pose le combiné et s'adresse à moi sans m'inviter à m'asseoir, sans tapoter par exemple un coin de canapé !

— Parlons ! dit-elle.

Sa froideur m'étend raide K. O.

— Il y a un an de ça, vous abusâtes de moi. Tu me violas ! Tu comprends ?

Ça recommence, elle mélange le tutoiement et le vouvoiement, une sorte de signature ou de marque de fabrique.

— Que veux-tu dire ?

— Je devrais te tuer ! Tu comprends ?

Ses paroles pénètrent soudain mon esprit avec un peu de retard, je dois le reconnaître. Abuser, violer ! tuer même ! des mots graves et définitifs qui évoquent plutôt les raids mercenaires que les soirées à l'ombre des tilleuls. Comment Saphire à moins d'une confusion mentale inimaginable peut-elle soutenir une chose pareille ? Nous nous sommes rencontrés deux journées, nous avons dormi ensemble une nuit dont le souvenir me donne encore la chair de poule. Câline, elle me provoqua... Jamais je ne l'aurai brutalisée ni forcée à quelques actes que ce soit – pas même celui de partager mon petit-déjeuner – si elle n'avait été consentante à cent pour cent…

— Saphire…

— Mon nom est Sophie et j'y tiens…

— Nous recherchions ensemble le manus de Boucau, rien de terrible, sauf ce corps de vieux marabout qui nous terrorisa, ou l'œil aussi qui nous foudroya, t'en souviens-tu ? Ce manuscrit n'existait pas, m'a-t-on dit.

— Tout ça, c'est de la bouillie pour les chats… Il fallut une sacrée psy pour transcender ce viol, Luc… Tu comprends ? Ta violence sans merci… Mon corps se modifia, il devint difforme. Regarde-moi ! salaud !

Comment peut-elle prétendre une chose pareille ? Son corps demeure splendide, son visage émouvant. Elle n'est certes plus Saphire-les-Seins-en-forme-de-Wigwam, les seins durs comme de verts pamplemousses, ni Saphire-cul-de-béton, elle serait plutôt aujourd'hui Sophie-au-corps-douillet ou bien Sophie-fesses-de-velours. Comment le lui dire ? Comment dissoudre son aplomb dans un paquet de phrases convaincantes. Je sais à mes dépens que les foutus souvenirs se font la malle comme des asticots dès qu'on ouvre la valise ; ils vivent dans un monde parallèle et se dissimulent dans l'ombre des portes cochères, vous sautent avec extravagance sur le poil, débusqués au hasard d'une rencontre et vous prenez conscience qu'ils ne ressemblent plus à rien de connu.

— Tu me transmis une saloperie de maladie vénérienne qui me bouffa la chatte et dégénéra… Tu comprends ? On me tritura l'appareil jusqu'au fond de l'utérus. Sache, Luc, que je ne pourrai plus jamais avoir d'enfant ! Tu paieras pour ton acte, je te le promets ! Tes couilles n'ont qu'à bien se tenir !

Sophie / Saphire pousse le bouchon un peu loin et la colère me monte au visage, tandis que le souvenir de sa fente liquoreuse émerge, tentatrice, de ma conscience.

— Tu dérailles, ma pauvre Sophie.

Je perçois derrière moi les mouvements simultanés de Marc et Mérou, dont je sens la menaçante présence me titiller les pores.

— Un mot de plus et je leur demande de t'arracher la langue et de te sortir les tripes. Tu comprends ?

Sympa ! « Crois-moi ils n'attendent que ça. Ils te connaissent, Luc, et te détestent autant que moi ».

Elle fouille dans son sac posé sur le rebord du canapé pour en extirper une poignée de flacons, des médicaments multicolores, des gélules, des comprimés sécables ou non. Elle en répartit un échantillonnage dans sa paume, les fait rouler entre des doigts rouges – une mauvaise circulation –, et les suçote les uns après les autres avant de les avaler.

— J'ai des vertiges, des troubles de la circulation du sang et cette épouvantable éruption de boutons sur la peau.

Je ne vois sur les parties de peau apparentes ni boutons ni rougeurs.

Toujours debout, je me dirige vers la baie dans l'espoir de retrouver un peu de sérénité. Je contemple les containers que sont ces pavés de béton – des pâtés en croûte – qui s'étalent à perte de vue au-delà de la périphérie jusqu'au bout de la terre. Devant la tour Montparnasse, puis dans l'axe la tour Eiffel qui jalonnent le siècle de leur suffisance oscillante – folles girouettes. Deux tours, l'une femelle et l'autre mâle, des ONGM, des organismes non génétiquement modifiables. Je me calme

— Que cherches-tu, Sophie? Pourquoi me traîner jusqu'au vingt-cinquième étage de cette tour? Pourquoi tout ce baratin? Ce pseudo-viol subi?

Je me dis soudain que peut-être ai-je un peu forcé sur le destin. Je ne suis plus tout à fait certain de ma mémoire. Puis, je m'ébroue de l'intérieur. Je ne vais quand même pas me faire esbroufer par cette gamine!

— Vous me devez un service, Luc. Il n'effacera pas votre faute, mais te permettra de vivre en sursis grignoté par ton esprit de mâche dépravé! Tu comprends?

De nouveau ce méli-mélo de tutoiement et de vouvoiement – scandé par ces inutiles scies – plus accentué quand ma Sophie, ma sœur, mon amante, ploie sous le coup d'une forte émotion. Mais ma Sophie est devenue folle, ça ne fait pas l'ombre d'un doute! Elle se lève – indiscutablement beaucoup plus grande et imposante que dans mon souvenir – et me fait face, enrobée comme une friandise dans une espèce de boubou bleu turquoise, les cheveux ramenés sur l'arrière de sa tête en un épais chignon, les yeux un peu pochés comme si elle sortait du sommeil et les lèvres gonflées, avec un zeste de noirceur qui surnage à la surface de l'impression générale. Je la désire.

«Un seul service, Luc! Le manus de Boucau, il faut le retrouver, complet ou non.»

— Si ce manuscrit de Boucau ou de Colonie, ou de

Territoire, quel que soit le nom du propriétaire ou de l'usurpateur actuel… Non bien sûr, de Métropole!… Oui c'est bien ça, de Métropole…

Son regard se fait dur. Elle m'en cloue comme si je n'étais qu'une ridicule semence.

— Comment connais-tu Métropole?…

— Samuel-tout-de-Go-Wu m'en parla…

— Il aurait mieux fait de fermer sa gueule! Ce n'est pas son genre de papoter à tort et à travers… intervient Mérou derrière mon dos.

Métropole ou Boucau n'est-ce pas le même combat des essedefs sans territoire, des bouduzeau, des sauvés-des-eaux?

— N'es-tu pas la mieux placée pour obtenir ce manuscrit par l'intermédiaire de ta horde de va-nu-pieds, lancé-je, histoire de sortir de l'étrangeté.


Nouveau mouvement de réprobation derrière moi. Si Sophie ne tient pas ses chiens en laisse, je vais passer un mauvais quart d'heure. Le regard de Sophie me pétrifie.

— Je dois retrouver le manuscrit de Boucau! Tu comprends?

Sophie se fait plus péremptoire, elle ne s'effiloche plus comme la barbe à papa de la foire du Trône, qui devrait être son lieu de prédilection ou son terrain de bataille plutôt que les tours taguées du treizième. Elle me fout les chocottes, il faut bien le reconnaître. Dans mon souvenir le conte du manuscrit fantôme avait tout de l'abus de confiance, voire de l'escroque. On m'avait placardé une jolie pancarte avec écrit en capitale grasse «pigeon». Sophie-la-mytho avait joué un rôle prépondérant dans cette manipulation de bistroquet dont j'avais fait les frais qui m'avaient catapulté dans le dix-neuvième. Et voilà qu'on recommence tout à zéro avec les mêmes, un an après! Elle ne manque pas d'air notre Sophie/Saphire-affabulatrice, de me resservir cette resucée, en m'extirpant sans le moindre ménagement de mon arrondissement. No comment! Elle a grandi, c'est vrai! mais elle est franchement plus débile qu'avant! Plutôt quatorze que quinze, dirais-je! Plus effrayante!

— J'en possède quelques pages, du vrai pas celui de Jérôme, il me faut le reste. Vous m'aiderez en le récupérant dans un endroit que je t'indiquerai un peu plus tard. Moi je ne peux m'y rendre.

Elle se tait quelques secondes, comme si elle réfléchissait intensément.

— Je serai morte avant de franchir la frontière du quatorzième. Beaucoup de gens donneraient cher pour le trouver, mais personne n'aura cure de votre mission! Je te paierais quinze mille francs pour ta prestation, cinq mille tout de suite… énonce-t-elle en claquant des doigts. Tu comprends?

— Pourquoi n'envoies-tu pas un de tes colles-aux-pattes qui me soufflent leur fétide haleine dans le cou?

Nouveau mouvement! Ils m'impressionnent beaucoup moins que la plantureuse tigresse qui tourne autour de moi en feulant et se léchant les babines, un éclat de lumière sur l'émail des crocs.

— Tout le monde sait qu'ils me protègent, qu'ils me dupliquent. Ils n'auraient aucune chance au-delà de la limite de notre périmètre!… Toi, tu t'infiltreras entre les mailles de tous les filets, malin comme tu es ! Tu brandiras ta carte de presse-purée !

— Le bout de manus, puis-je en avoir une copie, une vraie ?...

— Certainement pas ! Je ne vous paye pas pour que tu fouilles dans les poubelles, Luc ! Trouve-moi ces feuillets, un point c'est tout !

Il suffit de dire oui, d'empocher ces cinq mille francs, ou huit cents euros et des poussières qui vont me permettre de régler une quittance de téléphone, sinon celle du loyer. Et de ne plus m'occuper de cette triture.

— D'accord, dis-je.

— Ne me prends pas pour une nouille. Je n'ai rien à voir avec vos panouilleux petits patrons de lettres d'arrondissement que tu truandes lamentablement semaine après semaine et pour qui tu tartines de la bouillie nuteleuse de merde... Tu comprends ?

— Explique-toi, Sophie !...

— Si tu m'arnaques, Max et Mérou ici présents viendront vous ouvrir la gorge, ce qu'ils auraient déjà dû faire il y a bien longtemps !... Ce ne sera que partie remise... pour moi la fin de mes tourments... Tiens voilà vos cinq mille francs... Tu recevras une adresse dans quelques jours... Une lettre dans ta boîte... Nous ne nous reverrons plus... Tu comprends ? Marc prendra livraison du manus de Boucau...

Elle tend l'enveloppe de papier Kraft que Marc lui donne. Un relais. Je ne m'en empare pas immédiatement les yeux braqués vers les lumières qui n'arrêtent jamais de clignoter dans cette ville chiasseuse même au milieu du jour.

— Le fruit d'une collecte ! Nous sommes nombreux à le vouloir !

Puis soudain sa voix se fait onctueuse, une douceur, un loukoum.

— Prends garde à toi.


# IX
## Je ne crois pas en la sincérité


Je retourne vers le boulevard Voltaire. Pour descendre de la tour, labyrinthe de couloirs, montagne vertigineuse qui n'a rien de magique, Marc me sert de guide ou de garde du corps si je prends au sérieux les regards foudroyants des groupes d'Asiates que nous croisons. Sur le trottoir il m'abandonne sans me serrer la main, sans même un sourire. Plus question de Merce, ni de conduite accompagnée. La bouche cloaqueuse de la porte d'Ivry m'avale et je cabote dans les galeries souterraines jusqu'au sermonneur Saint Ambroise, père de l'Église. Je concasse les paroles de Sophie, l'aberrante accusation de viol, mais le risque aussi d'une dénonciation avec le cortège d'interrogatoires, faux témoignages et suspicions. Je ne crois pas en la sincérité de cette adolescente vieillie, ni au manus de Boucau, encore moins à celui de l'imaginaire Métropole. Quel chemin tortueux emprunte l'esprit dérangé de cette femme adolescente ? Quelle quête l'aspire dans ces tortueuses ravines ? Que peut lui apporter cette idée déjetée ? Me dominer et obtenir par le chantage une indéfectible participation ? Mais à quoi ? Il y a un an elle prétendait que le manuscrit n'existait pas ! La folie me fait peur !

Longeant le boulevard, une foule de passants me bouscule. De la boîte aux lettres qui ne dégorge pas, je tamise les sempiternels journaux publicitaires sous cello, la copie d'un avis d'expulsion envoyé par Maîtres Tapin et Bordô, comme si un seul malandrin ne suffisait pas pour m'expulser de chez moi. Ça vous redonne confiance !…. Et une lettre ni timbrée ni cachetée. Ce cinéma vous maintient dans une sorte de no man's land, à la frontière de la bourgeoisie ruinée et du essedef vivant au-dessus de ses moyens. Le répondeur clignote rouge. « Marve à l'appareil, peux-tu me rappeler d'urgence, même tard chez moi, au sujet de ce pseudo-interview avec les frères Tchang, s'il te plaît ! »

Je perçois dans le ton de ce s'il te plaît quelque chose qui ne me plaît pas du tout. Une menace d'expulsion autrement sévère que la menace des deux pitres mandatés, ou pire ! de coups de poignards et de je ne sais quoi de définitif.

Je m'affale dans le crapaud de cuir roussi et me consacre à cette enveloppe brune, tachée, sans identité de surface. De l'intérieur je tire un papier graisseux, plié précautionneusement en quatre. Le mot laconique d'une écriture malhabile presque infantile, sans ponctuation ni capitale, regorge de fautes comme un salmis truffé.

« monsieur il paraît que tu me cherché je prendré contac un jour proche ». Signé, Métropele.

# X
## Depuis il se terre invisible

Je me bagarre avec le banquier, le syndic de propriété qui menace de m'expulser, les caisses de retraite, et je me fais rejeter de rédaction en rédaction à chaque fois que je bosse en y laissant des plumes, notes de frais ou piges non payées. On me demande de rédiger des articles débiles pour passer la brosse à reluire aux petites vieilles retraitées, aux possesseurs de fonds de pension et aux gros annonceurs, justement ceux-là qui organisent le commerce mondial à leur seul profit, et raflent toute la mise. Il ne leur suffit pas de laisser sur le flan près de cinquante millions d'Américains, d'acculer douze millions d'Européens au bord du suicide, une bonne partie des pays musulmans ou africains au bord de la crise de nerfs, et la majeure partie de l'Asie à la limite de l'inanition, et ne voilà-t-il pas qu'on nous explique à grand renfort de pubs journalistiques – ô! les salauds – qu'on va nous imposer, après le fromage de Hollande, de l'hormone congelée, du gène insecticidé et infantilisé, de la culture-hamburger à base de langue anglo-saxonne sans que nous puissions ouvrir notre gueule. De la marchandise! on nous espère en marchandise formatée, sans point de vue – Images de Monde –, sans notre indispensable jugement à la mords-moi-le-nœud, bigre! Personne ne comprend rien à cette foire de Siteule – une foutue foire d'empoigne. Le libre-échange comme on nous l'explique jouerait dans les deux sens. [Dans un sens, il est naturel que les produits entrent chez nous, surtout s'ils ne sont plus naturels ; de l'autre il n'est pas acceptable que nos produits – ainsi que ceux des deux tiers de la planète – sortent de chez nous, surtout s'ils sont fabriqués par des petits artisans locaux...] Est-ce dire qu'il va falloir – bien qu'un paquet d'experts expliquent à qui mieux mieux que la liberté de choisir reste entière – avaler par conformité deux fois plus de couleuvres, de Mcdo, trois fois plus de coca, subir vingt fois plus les indigestes – décérébrées – productions cinématographiques américaines, et se farcir les agences de presse nourries d'infos pressées à la tétine des mamelles boursières ! qu'il va nous falloir, merde à la fin ! barboter dans la flotte nucléarisée et se nourrir de farines animales directement au distributeur, sans le filtre de la panse de ruminants anthropophages ni passer par la case départ. Je pensais qu'on nous avait déjà fait le coup et que ça suffisait à la fin des fins ! D'autant que pour que ce rêve de monde virtuel fait de bric et de broc prenne forme, il va bien falloir que naisse de la soupe une entité à demi vivante fabriquée à partir de morceaux de cadavres comme le personnage prométhéen de Mary Godwin Shelley qui exorcisa l'épouvante en détruisant son créateur. Le pauvre connard de créateur qui n'en pourra, mais, vous l'avez bien compris ! c'est l'homo sapiens, espèce à laquelle j'appartiens, ce qui n'augure rien de bon pour mes abattis !

— Cesse, me dit Wu, de te prendre la tête avec ce que tu ne peux appréhender. Siteule rassemble des agriculteurs américains qui s'associent avec des agriculteurs du monde entier pour résister aux quelques centaines de lobbies qui veulent s'approprier la planète, Monsanto en tête. Ne nous plaignons pas de ce début de sérieuse opposition.

— Roquefort et ses amis, l'éclaireur évêque de Beauvais, le cégétiste casseur de Mcdo va-t-il, comme Astérix, bouter hors du champ les légions de Clinton et consorts ? Tu rêves, vieux bonhomme. Tout le système est déjà verrouillé !

Je sens que je m'énerve, seul face à Wu-tout-de-Go, triturant ses petits pions nacrés noirs et blancs sur le dessus du comptoir propre comme un sou neuf, dans cette salle vide – encore trop tôt pour les premiers consommateurs. « Docteur Frankestein nous concocte un monstre planétaire avec les subventions des lobbies, et quelques copains de bistrot. Il tond chaque centimètre carré de terrain de ce satané globe ! Une phénoménale combustion chimique, dont nous ne sortirons pas indemnes ! Nous serons dévorés par notre propre père Cronos, fils du ciel et de la terre, frère des Titans, le grand roi McBurger et Bill-les-Passages-à-niveau…

— Siteule, un échec ? Tu parles ! une porte ouverte à tous les excès !

— La parano t'aveugle, Luc !

Samuel replonge dans l'étude du placement des pions noirs sur le Go Ban. La constante exclusion tristement binaire que nous subissons nous insupporte. Hier, impérialiste ou anarchiste, aujourd'hui paranoïaque ou protectionniste, on te renvoie de l'autre côté du ring sans nuance, dès la manifestation de la moindre résistance comme si l'occident souffrait d'une calamiteuse hémiplégie.

— Écoute, Luc, susurre-t-il, le front plissé comme une vieille pomme. Écoute-moi bien. Le manuscrit de Boucau / Métropole – ou de qui tu veux – traite pour ce que je sais – je précise que je ne l'ai jamais lu – d'un sujet semblable. Une trahison planétaire.

Samuel me raconte ce qu'il croit connaître du fameux manuscrit. Nous surfons sur les rouleaux de la mer rocambolesque. Une histoire à couper au couteau tant elle s'emberlificote autour d'un axe nord / sud. Pour simplifier, Boucau ne pataugea pas toujours dans la mélasse ni le caniveau. Il connut une gloire éphémère en prenant la tête d'un syndicat de transporteurs spécialisé dans le frigorifique. Une direction obtenue à la force des poignets après un mouvement de grève particulièrement difficile. Les négociations le ballottèrent de ministère en ministère jusqu'à l'Élysée où il fut reçu avec le tralala. Dans ces errances il récupéra une info, un dossier serait plus précis, et surtout une conversation qu'il n'aurait jamais dû entendre. Depuis il se terre invisible, peut-être déjà mort à l'heure qu'il est, laissant derrière lui une traînée de cadavres suspects comme une queue de comète.

— Heureusement, ricané-je, que c'est moi qui suis parano.

Wu me regarde par le travers, et manipulant son Go Ban, me présente le coup dit du théorème des Deux Yeux – tout groupe connexe de pions englobant au moins deux yeux séparés par le groupe ne peut être pris. Rien n'est tout blanc ou tout noir, sauf le jeu de la maîtrise de l'univers.

Un pion blanc lui échappe, tombe du zinc et roule sur le sol recouvert de détritus de toutes sortes, et comme un gros insecte s'enfouit quelque part sous les immondices. Nous voilà à quatre pattes, recherchant une partie de la vérité du monde dialectique, l'autre moitié des Deux Yeux, rampant dans tout le fouillis. Je me revois penché vers le sol du Kit Kat pour ramener de son naufrage le fameux crayon rongé jusqu'à l'os, le stylo de Boucau, qui n'avait jamais cessé de me ronger aussi la cervelle jusqu'au Silong. Moins méthodique que Wu, je trouve par hasard le pion sous une banquette, m'étonnant qu'il eût pu rouler aussi loin. Je le tends à Samuel qui se fend d'un sourire jusqu'aux oreilles. Rien n'est plus important pour lui que son jeu de go. Nous nous rasseyons accoudés au bar. Samuel alors se met en tête de clouer le damier sur le bar, à l'endroit du revêtement de bois à côté de la caisse.

— Il ne bougera plus !

Il fouille dans une boîte de fer à la recherche d'un marteau et de clous, puis il tape comme un forcené aux quatre coins de son Go-Ban, brisant la couche de vernis protectrice. Il mutile inutilement son jouet de prédilection. « Les clous ne tiendront pas dans le bois pourri du bar », remarqué-je in petto, mais je ne commente pas.

— Cette conversation concernait la possession de la planète ! se récrie-t-il entre deux frappes bruyantes. Et la phénoménale confusion qu'il faut créer pour parvenir à l'application d'une stratégie d'encerclement.

Bang ! une nouvelle particule de vernis vole dans l'air grailleux et le petit pion noir posé au centre du damier sursaute de vingt bons centimètres.

— Boucau, reprend Samuel tout en cognant comme un forgeron, composa un dossier, un véritable réquisitoire qui dénoncerait, dit-on, un complot entre dirigeants des pays occidentalisés pour s'approprier et se partager à bon compte les territoires des pays en voie de développement, et plus encore qui viserait une entente occulte pour empoisonner une partie de la population planétaire jugée aujourd'hui trop nombreuse, disparate, et dangereusement non contrôlée.

— Parano ! rétorqué-je. Un prêté pour un rendu !

Au petit matin, je quitte le Silong. Comme chaque matin à présent en l'espoir d'un passage inopiné de Sophie – elle ne vient jamais –, flanquée de ses deux chiens de garde qui ne m'impressionnent pas, tant ils ont l'air factices, des fichiers basse définition en quelque sorte. Devant l'établissement, le passage du Moulinet est désert. Je me dirige vers la Place d'Italie, vers l'endroit où je garais la veille Peuge. Malgré l'heure matinale, pas loin de trois heures, sans doute l'heure du loup, m'approchant de la place et du plus grand écran d'Europe, je croise maintenant de petits groupes, des rollers, quelques couples... Un monde de fin de nuit, alors qu'une pluie brumeuse transperce ma veste de chasse Gosport qui devrait pourtant résister mieux que cela à ce crachin pénétrant. Une curieuse silhouette dégingandée me dépasse, venue par le travers d'une rue adjacente, un peu penchée, la démarche syncopée, Séverin-le Rémora ! que je reconnaîtrais entre mille même vu de dos, même dans une purée de pois pré-hivernale, même recouvert de feuilles mortes. Séverin-la-Glue, qui me fout les jetons, autrement plus glaçant sous sa couche d'urbanité que les deux colle-au-cul de Sophie avec leurs pattes comme des battoirs. Je m'interroge sur ce que cette ombre de la nuit fabrique dans le treizième, qui n'est pas son lieu de culte – pour ce que je peux savoir. Je presse le pas pour le rejoindre. Hélas, il file à je ne sais combien de nœuds vers le grand large. Je cours. Pas assez vite. Il s'estompe au coin d'une rue.

# XI
## Le manque d'outil,
## papier ou crayon

Il m'agrippe le bras quand je passe devant la bouche du métro Saint Ambroise, parti pour aller acheter du pain – une tradition. Un petit homme fluet à moitié chauve qui se donne beaucoup de mal pour paraître respectable, mais qui n'arrive pas tout à fait à masquer la misère. Croyant qu'il cherche à me taper de quelques francs je me dégage un peu brutalement, plus violemment que je ne le souhaiterais, par fatigue. Il s'accroche.

— Métropèle, murmure-t-il de peur que son nom fasse écho le long du boulevard. Métropèle, répète-t-il.

Je m'arrête, surpris de l'endroit choisi pour la rencontre. Métropole ou Métropèle ? J'opterais davantage pour le second, moins glorieux, moins cosmique, plus à ras de terre, à la limite des profondeurs souterraines qui évoque le gel, la froidure et les bouches à nourrir, sinon les métropolitaines. D'accord pour Métropèle! Je le prends à mon tour par le bras et le tire vers la première terrasse couverte venue.

— Allons nous asseoir là-bas!

Nous restons silencieux un bon moment, assis à siroter lui un crème et moi une bière. L'agitation sur le trottoir l'absorbe; il se contente de dodeliner de la tête en tapant de l'index sur le rebord de la table. Moi j'attends qu'il se décide à parler.

— Skizo! lance-t-il en me regardant dans les yeux. Je ne sais pas écrire, à peine lire.

Je ne réponds pas. Que dire? Si Métropèle souhaite me transmettre un message, qu'il le fasse. «Je représente un collectif qui me demande de venir vous voir. Me voilà!»

— On connaît un livre de vous. Vous avez participé à l'émission de Pivot. L'autobiographie d'un essedef, la vôtre si je me souviens bien?

— Une biographie commune. J'écris mal, mais je parle correctement, ma voix porte bien, on me choisit donc!

Il retombe dans une sorte d'hébétude en tapotant de son index le bord de la table. Je dois dire que ce geste m'indispose.

— Le manus de Boucau? C'est vous?

Il me regarde, hésitant. Il me donne le sentiment de chercher ses mots, de ne pas avoir tout à fait les idées claires.

— Dans notre milieu, tout le monde connaît Boucau, mais nous ne sommes pas nombreux à le voir… Ça, je peux l'affirmer!… On se compte sur les doigts de la main… Boucau, c'est un nom d'emprunt, un pseudo, si vous préférez. Boucau il se cache derrière chacun d'entre nous. Comme on dit un Boucau peut en cacher une autre…

Il se met à rire, un rire rauque et tranché, puis de nouveau, le silence. J'intègre soudain que Métropèle gagne du temps avant de retourner à la rue et ses errances. Je respecte son tempo. Il sirote son crème par petites gorgées et fait durer son plaisir. J'accepte le temps qu'il impartit à cette récréation.

— Je le rencontrai, il y a un an…, ajoute-t-il. Dans un bistrot du centre. Il se faisait appeler Boucau…

— Vous confia-t-il son manuscrit ?…

— Quelques pages seulement… Inutilisables en l'état… Une histoire assez confuse à laquelle je ne compris pas grand-chose… Une pièce de théâtre ou une conversation entre deux personnes importantes…

Il reprend une gorgée de crème.

« Le manuscrit complet s'éparpille dans plusieurs endroits et l'ensemble forme une entité parfaitement cohérente… »

Nous n'avancerons jamais ainsi.

— Pourriez-vous me confier la partie que vous possédez ?

Il semble absent.

— Pour Boucau, écrire doit être difficile, comme pour chacun d'entre nous… Si nous pouvions aisément le faire, nous aurions choisi un autre mode d'existence… Le vin, voyez-vous ? nous handicape… La maladie… L'hébétude quotidienne et l'énergie dispensée pour survivre au jour le jour nous bouffent… Le manque d'outil, papier ou crayon… Ou tout simplement la difficulté d'organiser sa pensée… Les feuillets que je détiens représentent tout cela… une valeur inestimable.

— Combien ?

Je me lance dans une négociation sans la moindre idée de la façon dont je pourrai obtenir les fonds. Une armée d'huissiers me poursuivent chaque jour que c'en devient comique. Comment un homme qui gagne finalement assez médiocrement sa vie, pourrait-il payer les sommes astronomiques qui me sont réclamées ? Urrssaf, Organic, TVA, loyer, découvert bancaire, carte de crédit, Cofinoga, dettes aux uns et aux autres, téléphone, EDF, indemnités de retard, frais de poursuite, le câble, et le reste ! Il faudrait un cahier entier pour noter la liste plus longue que le boulevard. Un véritable servage dont l'affranchissement n'est pas pour demain, si l'on considère la façon dont les péages s'installent à tous les carrefours de la vie quotidienne. Métropèle, lui, choisit une forme de liberté à règlement comptant.

— Dix mille ! me lance-t-il les yeux exorbités tant la somme lui paraît extravagante. Dix mille en liquide ! répète-t-il, pour donner plus de poids à sa demande. Et un déjeuner au restaurant de l'hôtel Bristol.

Le choix de ce lieu me paraît curieux, pourquoi pas Taillevent, la Tour d'Argent ou Lucas Carton le chantre d'Apicius ?

— Deux mille, proposé-je. D'accord pour le déjeuner… Mais il faudra vous habiller…

— J'ai un vieux costume que je garde pour les grandes occasions, dans mon entrepôt personnel… Cinq ! Cinq mille en liquide, je ne descendrai pas au-dessous de ma limite. Je fais un sacré cadeau à ce prix-là, croyez-moi !

Cinq mille correspond à l'avance de Sophie, hélas ! déjà dilapidée par les sucs gastriques de Tapin et Bordô insatiables Léviathan. Il me faudra donc récupérer cette somme par d'autres moyens. L'intérêt que j'y vois concerne le règlement immédiat des dix mille restant. Je livre le manus de Boucau / Métropèle à Sophie / Saphire-cœur-d'artichaut et je l'échange ni vu ni connu avec le solde promis. L'affaire est enveloppée avant même de vraiment débuter.

Toutefois, cette cavalerie sans cesse projetée vers un *cut off* définitif me mine. D'autant que je n'ai aucun moyen de vérifier l'authenticité du manuscrit – cet extrait de manuscrit. Pour un peu que le message se transmette de rade en rade, de Ragose en Silong, attention les amis ! Luc-le-Pigeon erre dans les parages ! c'est le moment ou jamais de lui refiler quelques pages écrites à la va-vite sur un coin de table par une bande de faussaires. On pourrait même imaginer des caves occupées par des travailleurs clandestins payés au noir, qui écriraient toute la journée des centaines de kilos de manus de Boucau, dont la valeur marchande deviendrait beaucoup plus intéressante que la sape, tant que Luc-le-Naïf pourrait lâcher de la monnaie au cul du camion !

— Marchons comme ça, lui dis-je sans réfléchir davantage puisqu'il faut bien décider. Fixons une date pour la transaction.

— Demain midi, me répond Métropèle. Disons directement à l'hôtel Bristol, au bar. Nous aurons le temps de prendre l'apéritif ! J'apporterai le bout de manus.

Je sens que cet accord va me coûter une fortune.

— Combien de feuillets.

— Trois…

Bon sang, seulement trois pages ! L'unité coûte plus cher qu'une page manuscrite de Victor Hugo ! Il ne me reste plus qu'à trouver cette somme d'ici demain.

J'observe Métropèle partir vers le boulevard Richard Lenoir, puis tourner au coin de la rue à droite, vers le nord, prendre ce chemin qui menait au bar Ragosse, celui que j'avais emprunté avec Saphire au temps de l'insouciance, quand le grand Jérôme distribuait encore gratuitement ses faux manus. Quand la chair de Seins-en-forme-de-Wigwam vibrait sous mes doigts.

Je fais un détour par le Satellite, bar-tabac, PMU, loto près de mon domicile. Jeanne est derrière la caisse avec une minerve autour du cou qu'elle se cassa il y a quinze jours à peine en faisant un effort surhumain pour attraper un paquet de cigarettes tout en haut de ses rayonnages – une marque russe au filtre impossible ! Je connais Jeanne depuis trois ans au moins, depuis que j'habite ici. Nous avions même tenté une aventure qui n'avait pas abouti à l'époque - un manque de désir sexuel réciproque –, mais nous étions maintenant soudés comme les doigts de la main. Jeanne me dépanna de nombreuses fois et je ne suis même pas certain d'avoir remboursé la totalité de mes dettes !

— Bonjour, Jeanne, dis-je en m'accoudant au bar, juste à côté.

Elle m'embrasse en me mettant son index dans l'oreille. Un rituel que je déteste, mais qui, comme elle me l'expliqua, la rassurait. Une espèce de toc, comme font les gens qui reviennent deux fois au même endroit pour toucher un bout de quelque chose. Je profite de cet intermède pour la solliciter. Cette fois elle se fait tirer l'oreille, si l'on peut dire quand on voit dans quel état elle me rend la mienne.

— Ce n'est pas pour refuser, mais tu tombes mal. C'est le jour du règlement de mes cotisations d'Urssaf.

Les allocations de mère pour cette pauvre femme qui n'a jamais été mariée prêtent à sourire. C'est le drame de ce partage qui se répartit on ne sait où ! « et sans te formaliser, tu me dois encore trente mille ! », ajoute-t-elle d'un ton pitoyable. Elle va un peu fort ! Il me reste au maximum sept ou huit mille à lui devoir, mais je suis mal placé pour chipatouiller.

— Trente et les cinq d'aujourd'hui, d'accord. Je te rends tout à la fin du mois !

Nous savons tous les deux que je n'aurai pas les moyens de tenir cette promesse, mais elle est coincée sauf à reconnaître qu'elle ne fait plus confiance.

— Attends une minute. Je n'ai pas cette somme en caisse.

Je quitte ce café avec cinq mille francs en liquide dans la poche de ma veste. Je paierai le restaurant avec ma carte de crédit en espérant qu'elle sera encore valide. Rasséréné, plein du sentiment d'être capable de maîtriser toutes les difficultés, je rentre chez moi retrouver mon crapaud griffé, le clignotant rouge de mon répondeur et mon vieux Mac, ne sachant pas encore s'il franchira les quarantièmes rugissants du passage à l'an deux mille !

# XII
## Dans l'embrasure embrasée

Les langues lèchent les plinthes… Sinuent dans les alvéoles et les protubérances, font pulser des gouttes d'eau et de graisse qui jaillissent des cavités. Les murs se tordent et crient, de sourdes plaintes qui partent du diaphragme. Les langues lèchent les pourtours jusqu'à l'évaporation des liqueurs, jusqu'au dessèchement réducteur. La violence du vent dehors couvre les craquements de l'écaille séchée du revêtement… Tout le monde s'en fout puisque personne ne veille. Même Samuel Wu qui aligne les chaises renversées sur les tables huileuses n'en a cure, il est vrai que le vieil homme devint à moitié sourd, les tympans érodés par les ans, pires que le sel. Moi-même tout à mon départ et l'étrangeté de l'envoûtement qui me possède – SophieSaphire si variée et soluble dans mon souvenir ! Le feu pourtant crame déjà les sommiers sans draps, après avoir obturé les ouvertures, porte et fenêtres grillagées, l'âcre fumée asphyxie les poumons et délite les neurones… Vingt-huit personnes, ce jour, meurent carbonisées dans cette arrière-salle de vingt mètres carrés, dix-neuf hommes, sept femmes et deux enfants. Quand une flammèche plus arrogante rampe sous la porte grillant la moquette ininflammable de la salle principale, Wu et moi, seuls occupants à cette heure de la nuit, presque le matin, nous nous précipitons vers le dortoir improvisé. Je retire ma main en hurlant de la poignée brûlante, la paume déjà cloquée. Wu me jette un torchon. Un formidable souffle de chaleur m'explose au visage.

Comme chaque après-midi, pas vraiment décidé à m'engager dans cet article promis à Marve que je ne me suis même pas donné la peine de rappeler, je tiens compagnie à Wu, ma liasse de cinq mille bien au chaud dans la poche intérieure de mon blouson, préoccupé par la rencontre fortuite de l'inattendu Séverin. Absorbés que nous étions par une partie de go sur le damier cloué et les rangements intermittents, nous ne prîmes pas garde au feu qui couvait sans doute et qui démarra au quart de tour.

— Non Samuel, hurlé-je quand il se jette dans l'embrasure embrasée pour venir en aide aux malheureux qui brûlent et dont on entend l'insoutenable cri communautaire, le tout assemblé en un seul colis mugissant, mêlant dans l'embrasement des sons une seule chair agonisante. Wu dans sa générosité ordinaire fond à corps perdu dans la fournaise pour tenter de sauver quelqu'un ou quelque chose, un ami cher ou sa propre âme tout de go vêtue. Mais il n'en reviendra pas, englouti dans les cendres à quelques dizaines de centimètres de la porte juste franchie, grillé vif en un clignement de paupière sans le loisir de revenir sur ses pas. «Non, Samuel!» répété-je, tendant les mains vers l'ombre qui s'engouffre, ne crochant que le vide, rejeté par le souffle terrible de l'incendie qui allait détruire en de longues minutes, le Si long, Silong.

Les pompiers sortent les corps calcinés un par un pour la plupart méconnaissables si ce n'est un détail ou bien une marque de fabrique, d'identité au hasard des rencontres. Wu, par exemple, dont je ne peux m'empêcher de toucher le corps recroquevillé, si ridiculement réduit ! Je survole du majeur le trait Maginot que forment ses boutons cramés sur la veste fumante, noirs comme les jetons – ceux-là qu'on fiche –, de son jeu de go carbonisé, formant une ligne défense ou d'attaque – qui le saura à présent ? –, mais sûrement frontalière ! « Quel pauvre joueur que celui qui ne sait si ses pions vivent ou meurent » ! Métropèle, parce que c'est bien de lui dont il s'agit, terré dans le corps atrophié proprement emballé sous mes yeux. À quoi l'identifié-je ? Je serai bien embarrassé pour le préciser ! Peut-être ses doigts comme des serres, ou bien ces trois feuilles noircies et craquelantes qui sortent très partiellement de sa poche ? À moins que ce ne soit, pure intuition, qu'une évidence.

On me met entre les bras maternels d'une psy, plus précisément un grand costaud de la gendarmerie me précise qu'à un moment ou à un autre il est possible – « mais pas certain, tout dépend de la gravité estimée du sinistre et de l'impact sur le public ! » que je sois pris en charge par une/un psychologue. La règle, paraît-il ? Sur les lieux des catastrophes, les psychologues prennent en charge les survivants et évaluent les dégâts infligés sur leur comportement. Je tremble comme un marteau-piqueur et mes dents qui claquent font autant de bruit que cet outil, mais mon cerveau fonctionne normalement, je dirai plutôt mieux que d'habitude, à cent mille volts. Je sais qu'il s'agit d'un attentat, que comme le Ragosse, le Silong fut détruit pour ensevelir le mystère du manuscrit ou le consumer ; je sais aussi que la rencontre fugitive avec Séverin n'est pas une simple coïncidence, et qu'il y a un rapport certain entre ce parasite et les crimes perpétrés dans ces lieux de misère. Je comprends mieux pourquoi Sophie m'envoie en éclaireur.

— Comment vous sentez-vous ?

Une minuscule femme d'un mètre cinquante à tout casser pour quarante kilos au maximum, harnachée comme un cheval de trait d'un treillis de combat dont les manches quatre fois trop grandes balaient pratiquement le trottoir se tient devant moi un sourire amical lui balafrant le visage. Je lui donne au jugé de la luminosité de son regard, vingt-cinq ou vingt-six ans.

— Ça va aller ! Ne vous en faites pas !

— Voulez-vous que je prévienne votre famille ? Votre femme ?

Que lui dire ? Que ma famille se réduit à rien. Jeanne, peut-être ? La patronne du bar-tabac PMU loto au coin du boulevard Voltaire et du boulevard Richard Lenoir. Une amie de toujours, depuis que j'habite là... Trois ans... Nous avons failli l'aventure. Un soir où nous étions tous les deux en veine de sentimentalité et de désir non pas l'un de l'autre, mais de remplir le sablier. Nous sommes restés face à face toute une nuit, nus, moi, la bite en berne, elle, les mains entre ses cuisses blèmes de quadragénaire mal nourrie, imbibée de bière... Nous nous sommes branlotés en parlant de tout et de n'importe quoi, sans obtenir la moindre turgescence, ni l'espoir de se noyer dans une marée galopante, juste misérable l'un à côté de l'autre. Cette scène n'avait pourtant rien de pitoyable – loin de là. Elle cimenta une vraie amitié, à tel point que nous nous considérons depuis comme frères et sœurs, une prise femelle et une prise mâle branchées sur le courant fluide. Une course de concert qui ne serait pas une pénétration comme on épingle un papillon sur un tableau de liège. Une simple, mais chaleureuse course d'obstacles, dont la valeur financière s'estime au moins aux cinq mille qui gonflent ma poche de veste.

— Ça va aller, vous dis-je ! rétorqué-je peu amène.

— Marie Mareuse, elle me tend ses doigts serrés l'un contre l'autre, aussi fins que des allumettes.

Elle scintille. Cette femme scintille aussi minuscule qu'elle soit comme une foutue étoile dans le firmament. Comme une fée de dessin animé, une luciole de trottoir. Cela vient sans doute de ce frémissement qui irradie le long de son corps, une sorte de tremblement né du trac ou de l'angoisse ou simplement du désir d'être là, d'ingérer tout ce qui bouge à mille lieues à la ronde ; le besoin irrépressif de boire toutes les sources, au contraire de moi, qui ferait plutôt dans l'incontinence ou la nécessité de me vider par tous les pores et les orifices. Mon contraire absolu. Une attraction, donc. Pas celle intemporelle au-dessus de toute humanité qui me lie à Saphire, plutôt celle sans saveur qui m'attacherait à une femme pendant un laps de temps de ma vie terrestre, une femme avec laquelle je pourrais partager les innombrables cafés du petit matin et le loyer du boulevard Voltaire, une femme avec laquelle je me sentirais plus résistant comme un foutu microbe !

— Luc, répondis-je sans conviction.

— Luc comment ?

— Luc tout court.

Notre conversation devrait s'arrêter là. Normalement. Les badauds, les télés, les pompiers, gendarmes et toute la clique s'agglutinent. De plus en plus de gens se bousculent à tel point que Marie et moi sommes maintenant collés l'un contre l'autre, que nos mains se frôlent que sa tête couverte d'un bonnet de laine rouge vif, extrêmement laid, repose à présent presque sur ma poitrine.

— Que puis-je faire pour vous aider ?

Cette question éminemment stupide ne peut arranger les choses.

— Qui êtes-vous au juste ? lui demandé-je bien décidé cette fois à rompre l'échange et à tenter de trouver une sortie de secours – *Last exit to 13th* –, dans cet endroit maudit.

— Une curieuse.

— Une psychologue curieuse ? Un pléonasme, non ?

Je ne vois pas du tout où elle veut en venir. La foule nous presse davantage l'un contre l'autre. Je sens son cœur battre et le sang pulser dans ses veines. Ses seins moins pointus et durs que ceux de Wigwam dans mon souvenir s'écrasent contre ma veste Gosport. Également, une odeur indéfinissable, un parfum pimenté que je ne saurais pas identifier. Une bonne odeur de pain chaud ou d'herbes coupées. Marie sent bon la campagne. Elle sourit, les yeux verts levés vers mon visage ; des taches de rousseur constellent sa peau ; quelques cheveux dépassent de son abominable bonnet – des cheveux roux d'une solaire couleur naturelle et non pas les cheveux teints comme Sophie.

— Je ne suis pas psychologue…

— Ne faites-vous pas partie du groupe d'intervention, les laveurs de cerveaux qui prennent en charge les victimes d'attentats et de catastrophes naturelles ?

— Non ! Pourquoi pensez-vous cela ?

Je ne sais que lui répondre. Son corps est maintenant tellement encastré dans le mien qu'il faudrait une intervention des pompiers qui fouillent encore les décombres fumants pour nous désincarcérer. Nous restons là un bon moment sans parler. Que dire ? Le temps que les groupes de gens s'éclaircissent, pour la plupart descendus des maisons avoisinantes, et que nous puissions enfin bouger. Nous échangeons nos numéros de téléphone et nous nous séparons sur le trottoir humide, un dernier regard au Si-long, à sa façade noircie. L'image persistante de Samuel Wu et les Deux yeux de son Go Ban me hantent, avant tout ce petit pion noir nacré dansant un ballet dérisoire sous les coups de marteau –, ainsi que la silhouette tressautante de Métropèle qui vient de sauter son dernier repas sur cette terre, flanqué des trois feuillets au prix astronomique de 1,666666666 et ainsi de suite à l'infini, le feuillet. [Une présentation inversée de l'année 1999]. Un prix marqué du sceau du diable. Une somme maléfique ! dit-on, pour une parcelle du manus de Boucau ! Séverin-la-Glue et son glacis de figure se superposent. Séverin l'ombre qui fréquente assidûment les lieux sinistrés de la capitale. Séverin dont l'invisible présence colle à mes pas et aux pans incendiés de cet endroit.

# XIII
# Un paquet de témoins sans doute

Dans ma boîte, Marc déposa une laconique lettre sans enveloppe. Quelques mots imprimés sur une feuille sans en-tête ni signature.

Bar restaurant Lachenille, rue Camille Desmoulins, Issy-les-Moulineaux.

Pas de numéro, pas de nom, pas de téléphone. Marc est économe de lettres et de chiffres, des fois que l'abus de signes l'acculerait au dépôt de bilan personnel. Mon plan réduit en cendres, je n'ai d'autre choix que de passer la journée – pluvieuse et peu engageante – à ramasser tout ce que je pourrais découvrir. L'avantage sera peut-être que ce travail ne me coûtera pas plus cher qu'une ou deux consommations. Mais dans l'intervalle je n'aurai pas le loisir d'écrire cet article pour Marve, le courage me manquant pour la rappeler. Les Chinois du treizième devront attendre encore un peu ! Une idée s'infiltre, insidieuse et irritante. Sophie m'expose à sa place, ou à celle de sa coûteuse protection rapprochée – ces gens-là sont de vraies sangsues, tout le monde le sait ! –, au prétexte que ma personne, inconnue, peut se mouvoir impunément dans ces lieux particulièrement surveillés si j'en crois notre mytho. *A contrario* de ce postulat, je me sens observé plus que quiconque. Tout le monde put me voir dans le cul de bouteille du dix-neuvième devant le Ragosse soufflé, ou perdre mon temps au Silong brûlé ; Jérôme-le-Tavelé au Kit Kat ou le sempiternel Séverin-le-Rémora toujours présent, ainsi que tous les inconnus, les anonymes, qui habitent la rue et les lieux cache-misère. Un paquet de témoins sans doute ! Et dans ce cas, constatant la violence qui protège ce manuscrit, je suis tout autant en danger que Wigwam et ses acolytes, autant que l'marbout, Wu ou Métropèle, surtout si je m'engage dans cette randonnée dans l'ouest de Paris, là où souffle le vent qui fait ployer les gratte-ciels – de massifs trois-mâts – ou l'arche de la Défense, et dériver les péniches, auparavant amarrées aux quais.

Je me dis qu'un animal serait le bienvenu dans cet ap-part au désordre indescriptible – cela doit bien faire deux mois que la femme de ménage ne vient plus -, un chat par exemple qui me tiendrait compagnie. Je m'imbibe pour la seconde fois d'un grand bol de café sans sucre et je m'atta-ble devant le bureau de mon grand-père, griffonnant des morceaux de phrases sans aucun sens sur une feuille de papier pliée en deux, le Manus de Luc. Pris d'une inspira-tion, chatouillé par un souvenir, j'ouvre le tiroir et j'extrais les cinq feuilles trouvées chez l'marbout, rue Montenoir, il y a un an. Traces oubliées au fond de ce meuble depuis le temps, qu'aucune preuve n'attribue à Boucau, mais seuls vestiges de la quête. S'y trouve aussi la première page du quotidien dans la marge duquel j'inscrivis autrefois quelques notes en attendant Saphire. J'y retrouve en bout de liste l'annotation, Œil inquisiteur de l'ange Claude Ramy. Je l'oubliais celui-là. Par association d'idées, j'ajoute avec un stylomine qui pèle le papier, Métropèle, Samuel Wu, les Deux yeux. Puis je reste stérile. Avant tout parce que les nombres me narguent, ainsi que les lieux, les mo-ments et les traversées.

# SUDOUESTE

XIV
Le vide creusé
par l'absence douloureuse


L'endroit ressemble à un territoire ravagé par la guerre. Il me rappelle les zones dévastées dans lesquelles j'allais faire mes reportages, que j'arpentais en quête d'une photo de Une. Un enfant blessé, une femme implorante, un homme agonisant, ou bien les guerriers planqués dans les décombres et les rafales, le bruit, les cris qu'aucune photo ne peut restituer sinon en captant les lumineuses vibrations de l'air. Cet endroit ressemble à cela, malgré les bureaux cirés et polis comme des sous neufs, mi-verre mi-acier, qui détonnent dans cet immense chantier épandu derrière l'héliport et l'Aquaboulevard promu pour ses toboggans. La rue Camille Desmoulins, une rue qui pourrait être construite sur le principe de la bande de Mœbius, une rue qui perd son identité et qui ne débouche nulle part, sinon sur le périphérique avant de revenir le long de l'héliport sur sa propre terminaison inversée. Une rue sans numéro qui correspondrait à une logique apparente. Je tourne en rond sur les deux faces de la bande – puisque c'est bien d'une bande dont il s'agit ! Pas de bar-restaurant Lachenille, ni aucun bar-restaurant d'ailleurs, sauf ce pâle bistroquet innomé à la façade lépreuse, qui dort à croupetons dans une rue adjacente, rue Joseph Bara. Je n'ai d'autre choix que de m'y rendre, car il faut bien que mon enquête commence quelque part ! Une femme entre deux âges somnole derrière la caisse. « Je cherche, lui dis-je Lachenille, rue Camille Desmoulins ».

— Connais pas, me répond-elle sans sortir de sa transe.

Seulement une main avec quatre doigts – le pouce ayant disparu à un moment ou à un autre de son existence ! – caresse un front dégarni, puis se fige sur un carré de peau qu'elle entreprend de masser puis de gratter.

— N'y a-t-il jamais eu dans ce coin un commerce appelé Lachenille ? Peut-être avant la démolition, avant le chaos ?

— De quelle chenille parlez-vous ? s'enquiert-elle, presque agressive. Je suis installée ici depuis quinze ans. Je n'ai jamais entendu parler d'une chenille ou de la chenille, d'un autre bar-restaurant que celui-là qui part en quenouille [en vétusté], croyez-moi ?

« Plus personne ne vient ici maintenant. Il n'y a plus un chat dans le coin. Ceux qui travaillent dans les coulisses de ces nouvelles constructions se cadenassent dans leurs cantines ou je ne sais où ! »

Finie donc l'enquête, conclué-je soulagé. Fini ce travail absurde ! Les manuscrits dorment quand ils existent dans les souterrains de la nouvelle bibliothèque de Bercy, pas dans les bistrots ravagés par les grands travaux ! Ces feuillets de surcroît ne représentent qu'une importance relative

– qu'un corpuscule à peine visible ou lisible – face aux milliards de pages d'écriture, tapuscrites ou imprimées, qui se répandent chaque jour dans les canalisations de notre univers. Une indigestion de phrases qui mises bout à bout n'aurait plus aucune signification sauf à les compresser quotidiennement comme une épave, en faire un gros bloc qui écraserait de son tonnage une ville comme la Grosse Pomme ou Honk-Kong ! Alors ce manus de Boucau, pamphlet ou reportage, dossier administratif ou compte rendu d'écoute téléphonique, ce manus trituré dans tous les sens, factice ou saucissonné par poignées de trois feuillets, n'a pas d'intérêt puisqu'il n'apportera aucune information complémentaire à celles qui nous dévorent déjà, ni ne changera la grande machine broyeuse qui nous écrase les couilles. Mais que dire à cette femme morose qui se gratte le haut du front, les yeux trempés dans une flaque de café à demi séchée.

— Un demi, s'il vous plaît. Une pression, une Blanche de Bruges si vous avez, intimé-je, pour ne pas quitter cet endroit aussi vite, sans dire encore un mot, sans emplir tant que faire se peut le vide creusé par l'absence douloureuse, interstellaire ou interstitielle, de ce foutu manus.

Et puis me dis-je, motivé par une formidable incontinence, je vais faire un petit saut vers les toilettes pour soulager ma vessie impérative. Pour colmater le silence qui s'impose dans ce cimetière, « connaissez-vous Boucau ? », demandé-je sans espérer de réponse.

— Non !


Elle me sert une Croc en rejetant précautionneusement le faux col à l'aide d'une spatule de bois et après avoir abandonné le territoire crépusculaire du haut de son crâne, c'est en tout cas ce qu'elle me dit… «Non! Pas de Blanche, une Croc! Douze francs trente!». Puis elle se lève et se dirige vers une table au fond de la salle pour prendre la commande face à un groupe de trois personnes qui s'assoient en gesticulant. Elle paraît moins décatie, plus jeune une fois debout, sortie pour ainsi dire de sous le terrier de son bar – sa silhouette donne effectivement cette impression. Elle revient vers moi pour préparer le plateau. Des verres qu'elle place précautionneusement.

— Métropèle? lui jeté-je en pâture.

Une impulsion. «Un essedef du treizième».

— Ici c'est le quinzième!

Que répondre? Elle repart à pas comptés son plateau à la main, celle qui n'a que quatre doigts, celle qu'elle utilise tout le temps pour porter ou pour frotter. De retour, dévoreuse de mètres. «Allez donc voir aux Deux yeux, suggère-t-elle sans préavis. De l'autre côté du périph, rue Jongkind, à côté du square Jean Cocteau, pas très loin de l'Imprimerie Nationale. Un endroit fréquenté par les essedefs comme vous dîtes. Ici nous n'avons plus personne, pas même les locataires de ces bureaux. Demandez après Matthieu!»

Elle soupire.

— Ici, seulement des gens de passage comme vous qui cherchent après untel, qui cherchent après personne, des égarés!

— Et ceux-là, attablés au fond de la salle?

— Ma famille! et la voilà repartie à se gratter le front avant de retomber dans une autiste somnolence.

Les Deux yeux! Je crois rêver, encore un tour de manège gratuit! J'éclate de rire.

S'il n'y avait pas l'engagement avec Saphire, l'argent reçu et dépensé, la menace que représente Marc face au quotidien, je sortirais de cette ornière sur-le-champ. Mais le pire inévitable concerne les échéances, ces foutues échéances qui vous arrivent sur le coin de la gueule quoi que vous fassiez pour les éviter, même ensuqué de soins palliatifs, d'extasy ou de morphine, même en sollicitant le report. Rien ne peut repousser l'échéance, les échéances du petit matin ou celles du crépuscule, et quoi que vous fassiez, l'égrenage des pions noirs ou blancs vous pousse vers ces saloperies de fins de recevoir – et de prélèvements de livres de chair – que même la fallacieuse et artificielle protection des Deux yeux ne peut contourner.

# XV
## L'eau et le sel d'un vieil alligator

Rue Balard, puis rue Jondking, dans le prolongement de la rue Modigliani, sillonnant dans un espace vert bordé de maisons assez laides style artichaut, nommées de noms du zodiaque, verseau ou capricorne, clôturant une bâtisse cubique, une ancienne maternelle, aujourd'hui les Deux-yeux/Comptoir pour le Marché Commun/OMC? Ou CMC? Davantage un entrepôt qu'un bar ou un restaurant.

Une grande salle meublée de tables fabriquées avec des caisses. Une table en guise de comptoir. Pas de Boucau, mais le jeune homme qui garde les lieux le connaît.

— Il vient ici de temps en temps. Je serais incapable de me souvenir de ses traits ou de sa taille, nous en recevons tellement! Les noms ou les surnoms parfois retiennent notre attention, rarement l'apparence. Boucau, ce nom ne m'est pas étranger.

Ce jeune homme assis, mince aux traits fins et à la barbe rase, ne bouge presque pas. Chaque geste semble lui coûter un effort surhumain.

— Avez-vous eu connaissance d'un manuscrit, le manus de Boucau?

— Un manuscrit? Il faut voir Matthias. Les dépôts, c'est lui qui s'en occupe.

Les dépôts, que diable? Serions-nous au secrétariat éditorial d'une maison d'édition? «Des manuscrits, poursuit-il, on en reçoit des centaines par semaine, ici. Ils écrivent tous. De la simple lettre dont il faut garder une copie, au journal intime de mille pages. Si ce Boucau dont vous me parlez nous remit un texte, nous l'avons répertorié puis soigneusement classé»

Ce jeune homme se trompe sûrement d'ordre de mission.

— Où entreposez-vous cette littérature? Pourquoi personne n'est-il au courant? Vous accumulez une manne pour les éditeurs ou les journalistes.

Il lève les yeux vers moi. Je capte enfin son regard. L'expression d'une surprise.

— Admettez que nous sommes seulement un dépôt.

Tous ces griffonnages ne nous appartiennent pas. Nous n'en possédons aucun droit… Nous ne sommes ni éditeurs ni journalistes… Et sans distribution nous ne serions rien!… Nous n'avons pas de quoi concevoir les jaquettes de couverture…

— Prenez du papier d'emballage!

Il gratte de son ongle le revêtement de carton qui lui sert de plateau. «Ici nous attendons l'hiver pour installer des lits afin que les gens ne dorment pas dehors. Nous n'ouvrirons pas les dortoirs avant les premiers froids».

— Quand?

— Quand la Mairie dont nous dépendons nous donnera le feu vert. Sans doute avant Noël.

— S'il fait froid avant?

Cette hypothèse ne le trouble pas et n'intervient pas sur le mouvement de son ongle, un moyen pendulaire pour égrener les secondes. Le nombre de gens qui rythment ainsi le temps avec le doigt, le pied ou la jambe m'épate…

— À l'exception des mois d'hiver, jusqu'aux giboulées de mars environ, nous sommes ouverts entre dix-sept et dix-neuf heures…

— Où se cachent vos pensionnaires le reste du temps?

— Nous nous occupons du travail administratif, de la comptabilité, de l'archivage, de notre site internet, j'en passe, vous l'imaginez bien! Si nous consacrions vingt-quatre heures sur vingt-quatre à nous occuper de ces mi-séreux, nous n'aurions plus une minute pour gérer et organiser.

— Qui paie?

Je demande bien sûr qui paie ces parasites pour ne rien faire sinon se trimbaler sur l'araignée et se vautrer sur les appâts de Bill-Les Portes & consorts. Qui provisionne les comptes de ce dépôt sans dépositaire ? Il se replonge dans la contemplation de la matière râpeuse et saucée de son carton d'apparat. Je contemple les murs nus repeints à neuf, sans bibliothèque ni armoire métallique ni étagères croulantes… Sans même un simple tableau accroché de guingois.

— Que de questions, Monsieur !… Vous, pour la majeure partie, par l'intermédiaire des impôts locaux ; les essedefs pour une moindre.

— Parce qu'en plus vous leur demandez du fric !

— Ô ! pas énormément, une misère, environ une cotisation annuelle de mille francs !

Ce que Matthias, débarqué bien à propos dans le local, appelle pompeusement sa bibliothèque - appropriation contestable - n'est en somme qu'une cave meublée de rayonnages en contreplaqué – qui plient sous le poids des piles de chemises et de papiers en tous genres -, sur lesquels végètent d'innombrables dossiers. Loin des lumineuses bibliothèques peintes par Vieira da Silva mises en valeur par l'importance que leur donne le soleil. Tout le contraire ici. Des chemises de cartons rongées par les moisissures, et les vers ou les rats, dans lesquels se morfondent des milliers de feuilles quadrillées ou non, pour la plupart manuscrites, parfois accompagnées de lettres de refus ou d'encouragement. Il y avait là de tout, de la simple page de deux cents signes, au manuscrit de trois cent mille signes.

— Nous ne pourrions pas compter le nombre de signes total détenu dans cet espace, se rengorge Matthias.

Cet homme se voue au nombre de signes. Le contenu l'intéresse beaucoup moins que la lettre typographique, même pas les monèmes ni les morphèmes. A-t-il seulement parcouru un des innombrables textes empilés dans cette cave ?

Un paquet de troncs d'arbres ou de tonnes de cannes que personne n'éprouve le besoin de consulter. Cette bibliothèque puisque c'est le nom que Matthias lui attribue n'ouvre pour personne. Et cet étrange bibliothécaire fait en sorte que la situation se pérennise. La trame du papier le fascine. La trame et l'écriture, comme un vulgaire bibliophile. Il prend un dossier sur le dessus d'une pile prête à s'écrouler. Une dizaine de feuillets, des lettres, semble-t-il, d'anciennes lettres, écrites autrefois par une femme, adressées à un homme qui la quitta.

— Admirez cette écriture d'une beauté saisissante. Ce papier aux nervures si fines, ces empreintes de larmes qui en ont décoloré la couleur ! Quelle émotion, n'est-ce pas ?

Il ne se penche ni de près ni de loin sur le sens, sur la plainte ou le rythme des phrases, sur la pureté inviolée des poèmes jamais lus ni par le destinataire ni par celui qui les archiva. Je crains qu'il ne se mette à pleurer sans crier gare. L'eau et le sel d'un vieil alligator collectionneur.

— Boucau ? dis-je.

— Boucau, dîtes-vous. Tout est inscrit sur des cahiers, par année d'enregistrement et par lettre alphabétique ! Ça ne devrait pas être difficile à retrouver si on prend le temps.

Il sort une bonne vingtaine de cahiers. « Voilà » !

— Et si l'enregistrement de ce manuscrit se fit sous un autre nom ?

— Dans ce cas ! une aiguille dans une botte de foin… Il n'y a aucun moyen de retrouver votre document. Soyez sérieux ! Il me faut un nom, une date serait idéale !

— Pouvez-vous m'autoriser à fureter parmi ces ouvrages ?

— Hélas non ! Notre méthode de classement et notre règlement l'interdisent.

— Tout ce colossal travail d'archivage ne sert donc à rien, puisque personne ne saura jamais vous dire ni le nom ni l'année de dépôt de ces documents anonymes.

— Nous n'y pouvons rien cher monsieur, c'est ainsi que nous fonctionnons sous le couvert de l'administration. Nous sommes toutefois parfaitement d'accord avec votre remarque. Ce système demeure perfectible. Chaque chose à son rythme !

Matthias m'épuise. Je ne sais pas ce que je fais dans cet endroit où s'enfouit comme une puce de mer le manus de Boucau, ainsi que des milliers d'autres manus de Boucau, de Bocal ou de quiconque, hélas ! mais hors le magma, excepté ce nombre considérable de signes, aura-t-on un jour accès à l'indicible ?

— Quelle est votre fonction, Matthias ?

— Gardien des lieux et hôte ponctuel, répond-il affable, me tenant par le bras comme un vieil ami. « Croyez-moi ! je pense que pour beaucoup d'entre eux nous représentons le messie ».

Et moi je pense que les mots ne veulent plus rien dire !

# XVI
## Disons Utérus pour simplifier

Sonnerie de téléphone. J'identifie immédiatement la voix crispante de Marc qui fore vos conduits auditifs sans mise en garde ni pardon.

— Vous l'avez ?! interrogation ou exclamation ?

— Si tu évoques le Boucau, répondis-je encore à moitié endormi, non! je ne l'ai pas… Ton adresse ne mène nulle part, un cul de singe comme toi.

— Utérus ne va pas être satisfaite, ça je te le promets. Nous l'avions bien mise en garde contre ton inconsistance…

Veut-il parler d'inconsistance ou d'inconstance ?

— Qui ça dis-tu ?

— Utérus.

Utérus ? Nouvel avatar de Saphire/Sophie, aujourd'hui devenue Saphire/Sophie/Utérus! Chaque nom suggère un laps de temps et le résultat d'une alchimie entre l'être et la vie. Le temps de l'enfance, celui du printemps, le viol présumé, la quête du manuscrit et la vocation de mère/stérile et protectrice qu'elle s'impose. Chacun d'entre nous pourrait ainsi se coller des étiquettes sur le front, ajouter des pseudos au fil des âges qui jalonnent notre bourlingue.

Toute ma vie pourrait être ainsi résumée. Une dizaine de noms de logo commerciaux, avec un design digne de Loewy, par exemple Loco/Loca/Luc/Leica/Lézard/Liberté, etc. J'arpente mon salon de vingt-sept mètres carrés en cognant de la pointe de ma semelle dans les cartons en bas des piles qui masquent tout un pan de mur. Les archives que je traîne comme un malheureux à chaque fois que je déménage – avec bien sûr le bureau de mon grand-père –, alourdies de tirages photos, de négatifs, d'ektachromes – timbres-poste décollés de flashes de vie –, un univers microscopique, un travail d'insecte ! Mes manus à moi, des milliers de feuilles ou de pétales, d'articles, des points de vue sans matière grasse, des textes light pour lecteurs pressés ou indolents –, les essedefs du cerveau. Des noms, des patronymes, des surnoms ou des pseudos, qu'importe, puisque ce sont les traces imperméables sur lesquelles glissent les aléas et les catastrophes ferroviaires ou naturelles. Saphire / Sophie / Utérus ! Disons Utérus pour simplifier !

Je raccroche au nez de ce bouffeur d'espace, puis me prépare le deuxième café du matin. Le meilleur, un vrai déjeuner. Je me coupe de longues tranches de pain que je tartine de camembert au lait cru – profitons tant qu'on en trouve encore dans les circuits de distribution traditionnels, c'est-à-dire sur les rayons réfrigérés de l'épicerie arabe ouverte jusqu'à minuit au coin de la rue. Je mijote dans ma vieille robe de chambre qui part en lambeaux, que je n'ose plus laver de peur qu'elle ne se répande en poussière. Elle recouvre un corps vieillissant qui s'amollit chaque jour davantage à tel point que je refuse de l'observer dans le reflet de la glace suspendue dans la salle de bains pour que l'œil nu n'ait pas à constater la mutation, exactement comme le passage d'un vieux film en accéléré. Tout le contraire de la télé branchée – geste de bénédiction dès l'entrée dans l'appartement. Je vaque ainsi l'esprit retenu par ce fil tenace, un bruit de fond qui ne doit jamais surprendre, sans accélération justement qui perturberait le rythme des rituels. Bruit standard, répétitif, seulement les noms changent, mais le cocktail lui est immuable donc sécurisant comme une pâtée pour chien. Je crois que je ne suis maintenant moi-même qu'une sorte d'écran de télé, relié aux bouches avides, aux regards torrides de mes contemporains, livré la chair à vif et le cerveau autopsié par une bande de dépeceurs pas piqués des hannetons.

Je représente un pion nacré, comme Saphire/Utérus, Marie, Jeanne, Séverin et tous les autres pions morts ou vivants, manipulés dans une formidable partie par Boucau l'anonyme face à un adversaire invisible dont on sait seulement qu'il esquisse une dangereuse stratégie englobante ; nous sommes déposés à tour de rôle sur le Go-Ban dans un ordre inhabituel, une exposition de défense, sans plus.

# XVII
## Un appui inespéré dans le désordre

Si Saphire n'est qu'une passion érotique, Marie Mareuse, du moins sa réminiscence, se présente autrement. Plutôt une rencontre rare et réfléchie, de la sorte qui vous change la vie – que vous le vouliez ou non –, et qui relativise tout le reste. Mais vous n'en prenez pas conscience immédiatement dans la mesure où elle se situe davantage dans la manière de hiérarchiser l'organisation générale de votre existence. Le manus de Boucau prit une importance exceptionnelle, il faut bien le reconnaître ! obsessionnelle même, à tel point que je me détournais de mon travail ; je ne me préoccupais plus de ma propre santé. Ce manus dont personne ne semblait savoir s'il existait vraiment, dont personne n'en imaginait le sujet et qui retenait cependant toutes les convoitises – et qui n'avait certainement pas plus d'intérêt qu'une médiocre émission de télé –, m'habitait comme une foutue maladie – une grippe qui n'en finissait pas ! J'avais beau me convaincre que cette recherche était vaine, qu'elle n'apporterait rien de meilleur ni de nécessaire. – Que dire en effet puisque tout fut dit ? – Qu'écrire puisque tout fut déjà écrit ? L'enjeu valait-il la chandelle ?

Sans doute, me seriné-je, à cause du mystère justement de l'œuvre de création, pamphlet, enquête, dossier secret, toutes les hypothèses deviennent croustillantes. Par son absence, ce texte englobe finalement tous les livres possibles, tous ceux qu'on ne lira jamais parce qu'ils ne sont pas encore écrits. Mais le souvenir de Mareuse fait littéralement exploser cet hypnotique raisonnement. Elle incarne insidieusement le manus de Boucau, et devient elle-même un nouveau manuscrit – qui se substitue au précédent –, qu'il faut que je déchiffre sans plus attendre. Et j'entends bien prendre le temps pour le faire, soyez-en sûr !

Je m'entretiens avec Marve. J'en suis à mon sixième coup de fil. Depuis ma dérobade d'avec la direction de la mafia asiate du treizième et périphériques, elle ne me lâche plus d'une pointure, me rappelle mon mensonge à tous propos et me tanne sans cesse. Je pus rattraper le coup, comme on dit, mais pas sans mal ni égratignure. Je rédige un article sur les sectes naissantes dans les cybercafés, sur des groupuscules plutôt que de véritables entreprises, nous sommes loin de la Scientologie. Juste des réunions d'agitateurs, de philosophes ou de poètes qui prédisent à qui mieux mieux les pires catas. La rédaction de cet article m'emmerde. Plus encore que les autres et je traîne en longueur. Rien n'est plus pénible que la fabrication de ces faux évènements qui servent à vernir le cuir du quotidien. Comme si on s'escrimait à cirer le dessus de nos Santiagues sans réparer les trous sous la semelle. Un bip! Je suis sollicité en permanence. Je dois zapper pour un oui ou pour un non sur les échangeurs, me frayer un chemin au travers de tous les péages. «Une seconde!» intimé-je sans plus de cérémonie pour répondre à l'impératif appel.

— Bonjour Luc, ici Marie, vous souvenez-vous? L'incendie.

Si je me souviens!

— O c'est vous! Vous écumez toujours les décombres et les sinistres? Pour le plaisir.

— Ça me branche encore. Je viens boire à la source de vos nouvelles. Mesurer la température de votre détresse et peser l'aide que je pourrais vous offrir…

Ô! merveilleuse Marie, ô! flamboyante Marie, si étriquée, si rousse sous ton affreux bonnet, quel secours évoques-tu ? Un appui inespéré dans le désordre de ma vie, un soutien dans la quête du manuscrit de Boucau, une assistance pour baiser ou enculer Utérus, la clouer sur sa porte comme un insecte, la ficeler sur ses trapèzes, les cuisses potelées ouvertes, troussée pantelante comme une volaille, écraser la gueule de Marc et griller un steak de Mérou ? Pour exploser Foncia et Tapin & Bordô ? Pour enfoncer des épingles à nourrice sous les ongles de Matthias ? Pour dissoudre le revenez-y au goût de vomi du l'Marbout ensanglanté et de Wu carbonisé ? Pour retrouver Séverin-Le Rémora et l'empaler au pilori ? Pour se pelotonner contre moi pendant les nuits trop longues, me caresser ou me sucer la bite ? Pour rédiger cet article insipide, rongeur d'intégrité. Ô ! merde, pensé-je, Marve ! Je reprends la ligne. Mais il n'y a plus personne, l'orbite n'a pas été atteinte. Je n'arrive plus à revenir sur Marie. Les réseaux sont coupés, les canaux fermés. Suis-je encore relié à quelqu'un ?

# XVIII
## Son patchouli atomiseur

Rue Claude Lorrain, près du cimetière d'Auteuil. Quadrillée, première image qui me vient à l'esprit en raison du damier, du Go ban que forme l'association de noir –

cuir ou latex – et de blanc, rose ou cuivre de la chair. La seconde est celle d'un cheval harnaché, car pour être harnachée, elle l'est ! Ficelée dans un justaucorps qui découvre les seins et dans des cuissardes qui montent jusqu'aux fesses charnues et dévêtues, aux deux lobes tremblants comme de la gélatine. Un chapeau extravagant. Elle est ridicule ! L'endroit est également particulièrement kitsch. Des chaînes, des menottes, des trapèzes, un cheval d'arçons, une poulie, un assortiment de fouets et de godemichés, une panoplie convenue sadomaso digne des pires navets pornographiques. Une odeur écœurante de foutre rampe entre les accessoires. Utérus semble plus épaisse, plus massive. La figure est recouverte d'une peinture blanche, les lèvres rouges et les cheveux teints en bleu turquoise. Le pourtour des yeux exagérément maquillé lui donne l'allure d'un travesti. Ou plutôt d'un Indien sur le sentier de la guerre, affublée d'ailleurs d'un arc et d'un carquois. Un éros déjanté ou un Séminole sans ruminants ? Ma Saphire dégénère !

Marc et Mérou sont invisibles. Peut-être tapis aux aguets dans une pièce voisine, ou à arpenter le macadam pour la retape de clients masos. Je m'étonne que Saphire me reçoive seule oubliée de ses gardes du corps, moi le violeur de la pire espèce, sans circonstances atténuantes, moi qu'elle estime capable de tout, y compris de la zigouiller en trois coups de cuiller à pot.

— Tu n'as toujours pas trouvé le manus ! enculeur !

Son langage ne s'améliore pas, c'est le moins qu'on puisse dire. Je suis surpris de sa rapide métamorphose. En un an déjà, la violence de ses mutations me glaça lors de notre affrontement – puisque c'est bien ainsi que je perçus notre relation ! –, mais sa capacité à se transformer devient ahurissante. Nous nous sommes agrippés l'un à l'autre comme deux noyés dans cette tour infernale et asiatisante il y a seulement quelques semaines, à peine un mois. Le nouveau personnage, une enfant, car c'en est une, s'oppose à moi maintenant monstrueuse. Pas encore obèse – il n'en faudrait que quelques kilos supplémentaires, mais bouffie, peinturlurée à vomir, injurieuse, violente et capricieuse, surtout imprévisible, elle se campe les seins à peine cachés, trop gros, la bouche trop rouge lippeuse, les mains sur les hanches comme une poissonnière.

— Saphire ou Utérus, peu importe ! ton manuscrit – s'il existe – pourrit en ce moment dans un entrepôt dont je vais te copier l'adresse sur un post-it et te la coller où je pense… Tu en feras ce que tu voudras… Moi j'ai fait mon boulot… Il n'est pas question d'en faire plus, voilà !

— Écoute-moi bien, petit trou du cul ! je t'ai confié un job, j'ai raqué rubis sur l'ongle et le pognon, tu le chouravas sans poser de questions. Je n'accepte pas d'être considérée comme de la roupie de sansonnet, comme les patrons de tes papiers cul de comptoir. Je te donne vingt-quatre heures – pas une de plus ! – pour m'apporter ce manus dans son intégralité sinon je lâche les chiens !

Cette conversation n'a aucun sens et je comprends que le mauvais rôle que je m'attribue est à double tranchant. Ou bien j'accepte de subir sans réagir ces agressions verbales sous le prétexte d'une passion presque éteinte puisque braiseuse encore, je le reconnais – car elle me plaît terriblement, elle le sait sans doute ? – quitte à lui laisser carte blanche pour l'humiliation à outrance ; ou bien je l'envoie bouler chez Plumeau & C^ie. Je romps les ponts – de la rivière Kwai ou de Saint-Jean-du-Gard –, et je m'expose aux représailles qui ne me font ni chaud ni froid, ou aux silences glaçants ! Disons-le tout net, je ne veux pas que cette hypocondriaque de nouveau me gèle sur pieds !

Il n'en est pas moins vrai, que de la sentir si proche, son patchouli atomiseur, son regard d'enfant surpris, sa peau de potage à la senteur de Blédina premier âge, m'émeut. Cette abominable enfant me colle à la peau comme une teigne. C'est donc la voie de la diplomatie que je choisis, celle qui me permettra de la revoir, de lui parler encore, même parsemée d'embûches et d'épines traîtresses sous les feuilles de roses.

— Des manus, j'en découvre des kilos, des tonnes… Quel est le bon ? Mais est-ce si important qu'ils soient de Boucau, de Bocal ou de Dugland ? Ne racontent-ils pas tous une histoire semblable ? La misère, la corruption, la trahison ? Les laissés pour compte par un pouvoir avide ? Un vrai reportage vu de l'intérieur par ceux qui vivent l'inénarrable ?

— Que veux-tu me dire ?

— Je t'apporte dès demain un manuscrit sorti de l'amas de la rue Jongkind, n'importe lequel écrit par ceux de la rue !

— Tu cherches à me voler, Luc ! Ça, je ne le permettrai pas !

Elle se rassied, croise les jambes et affiche un air boudeur, l'œil sombre, et me lance à la figure une phrase terrible.

— Pourquoi n'écriraient-ils qu'une seule et même bouillie ? Parce que tu penses, ordure ! que la misère n'engendre que l'anonymat et la souffrance seulement la neutralité ?

Que lui répondre ? Rien ne l'intéresse que son nombril et son caprice. Elle ne sait sans doute même pas ce que représente ce texte ni ce qu'elle en fera. Je décide de satisfaire son désir.

<h1 style="text-align:center">XIX</h1>

## Je ne tiens pas à m'éterniser

— Luc, aurais-tu la gentillesse d'aller nous chercher un paquet de Malboro light. Il y a encore à cette heure-ci un tabac ouvert rue de Vaugirard ?

Matthias et le mince jeune homme, Bernard, s'affairent sur une pile de dossiers. Il est vingt et une heures. Je rôde là, partageant leur maigre activité, depuis dix-sept heures. Je décidai de rencontrer ces essedefs pendant les horaires de réception, entre dix-sept et dix-neuf heures. Si Boucau vit, il se promène d'un rade à l'autre. Et à constater le rythme de leurs disparitions, le solde positif des établissements encore debout diminue à vue d'œil. Les deux yeux, Comptoir pour le Marché Commun, avec sa bibliothèque/dépôt demeure un endroit de prédilection pour tous les Boucaus du monde avec ou sans manus – de préférence avec ! – À seize heures quarante-cinq, je me plante donc devant la porte de l'entrepôt. Déjà quatre personnes style collecteurs de poubelles – l'un d'entre eux flanqué d'un caddy de supermarché bourré de vêtements – font le pied de grue. Je me mêle à leur petit groupe.

— Z'avez pas une petite pièce ? demande l'un d'entre eux.

Je remonte du fond de mes poches trois pièces de dix francs que je distribue, sauf à celui qui trimbale le caddy qui m'interpelle. Un grand bonhomme barbu vêtu d'une houppelande, qui se tient droit comme un chêne, la figure charismatique, le front large, les pommettes hautes – une allure slave.

— Vous trouvez que je fais exagérément cossu ?

— Je n'ai plus rien ! Plus un centime !

Situation de dénuement nouvelle pour moi, à laquelle je m'habitue trop vite à mon gré. Ma carte bleue vient d'être avalée par un appareil vorace ; un récent chèque sans provision me prive de chéquier – sans doute pour un sacré bout de temps, étant incapable de régler le prix forfaitaire de la levée de l'interdiction, le prix de la gabelle. Un second avis d'expulsion mijote dans le pot-au-feu de ma boîte aux lettres que je laisse bouillir sans trop m'en préoccuper – tout cela n'augure rien de bon, d'autant qu'au rythme de réalisation de mes articles, mes revenus ne cessent de baisser ! Je n'arrive pas encore à afficher l'air rigolard du clampin massif franchement hilare qui se dresse devant moi. Je suppose que pour parvenir à cette ascèse, véritable performance, il faut accepter d'entrer dans ces boîtes construites pour chacun d'entre nous, et pourquoi me direz-vous ne pas le faire avec le sourire ?

— Vous voulez dire que vous me ressemblez, sans un ? Un nouvel essedef partageur ? dit-il en ricanant.

— Boucau, ça vous dit quelque chose ? lançai-je.

— Le nom d'une énorme crevette, me répondit-il alors que les trois autres s'approchent peu amènes.

— C'est le nom de l'un d'entre vous, ou le surnom.

— Vous savez les surnoms changent plus vite que les chemises ou les chaussettes dans notre communauté, grommelle le conducteur de caddy. « Vous lui voulez quoi, à Boucau ? »

L'intonation me laisse entendre qu'il le connaît, Boucau, et que je viens de gagner le jackpot. Il faut y aller avec prudence.

— Je suis prêt à payer le juste prix pour un travail qu'il entreprit.

— Quel que soit ce prix, vous allez en trouver beaucoup, des Boucaus ! Nous sommes tous des Boucaus, ici !

À ce moment la porte s'ouvre. Bernard joue le rôle de l'hôte attentif, du bon samaritain, prenant par le coude - le fourbe ! -, le premier de cette bande de malnutris qui s'allonge de deux membres en quelques minutes d'attente sous un début de pluie. « Entrez donc ! » Puis il me reconnaît et marque son étonnement d'un lever de sourcil du plus bel effet. « Vous ? » Il ne s'engage pas. « Juste quelques questions pour mon enquête », plaidé-je. Nous nous engouffrons dans le local. Des bols et des récipients de soupe reposent sur les tables. À présent des groupes de toutes allures entrent par dizaines. Peu de vrais clochards, mais des hommes, des femmes et des enfants, parfois vêtus encore correctement. Négligés le plus souvent ou même franchement en haillons ou en nippes effilochées. Barbus ou glabres, le regard éteint de certains d'entre eux évoque l'abandon des combats, sauf celui de se nourrir et de boire. Ils viennent, échangent quelques mots, se servent d'un bol de liquide grumeleux parsemé de bouts de lard et de jambon chimique. Vous me direz que le chimique n'est pas l'apanage des essedefs ! Certains s'assoient par terre pour déguster par petites gorgées ce repas du soir. En échange d'un bol, il leur faut donner un bon avec un numéro. Ils sont inscrits, répertoriés, un moyen comme un autre de les contrôler.

— Vous cherchez après Boucau ?

Le petit homme qui m'interpelle est un de ceux à qui j'offris un peu de ma monnaie. « Je vous ai entendu demander après Boucau… Que lui voulez-vous ? », insiste-t-il. Je me jette à l'eau.

— Un manuscrit m'intéresse. Savez-vous où je peux le rencontrer ?

— Ici ! pourquoi pas ? Cet endroit est un lieu de rencontre. Il vient de temps en temps. Pas pour la nourriture, elle est infecte ! D'une manière générale on arrive tous à manger correctement si on le souhaite ! On vient surtout ici pour se retrouver, échanger des plans… Cet endroit, c'est notre bureau, voyez-vous ?… Ce manuscrit, vous en donneriez cher ?

— Je préfère m'entretenir avec Boucau lui-même.

— Revenez demain à la même heure, il sera là.

— Comment pouvez-vous en être sûr ?

— Je le sais !

Le petit homme fond dans la foule, puis se dirige vers la sortie. Je cherche des yeux l'homme au caddy, mais il n'est plus là. Quelque chose me dit que cet homme n'était autre que Boucau lui-même, l'impression tourmenteuse d'arriver au terme du voyage, d'accéder bientôt avec un peu de regret à la délivrance. Ce petit bonhomme chargé du rendez-vous n'est que le messager. Prévenir Saphire / Utérus qu'il nous faudra attendre quelques heures de plus devient ma seule préoccupation. Je me sens libre enfin ! À dix-neuf heures, saint Bernard boute les derniers convives hors de l'entrepôt. Ils s'en vont par petits groupes en traînant la savate, peu pressés en ce début de soirée d'affronter les cinglantes tourmentes qui cognent sans relâche. Quand il ne reste plus que moi, il m'apostrophe « Alors ces questions ? », hésitant à me mettre également dehors. « Nous avons du travail, savez-vous ? » Tu parles !

— J'aurais aimé – quel verbe inadapté dans cet espace réfrigérant comme un hôpital ! –, revoir ces cahiers ?

— Les dépôts, c'est Matthias. Je le disais déjà dit, hier. Il viendra un peu plus tard. Revenez dans une heure !

Fin de non-recevoir.

— Si ça ne vous ennuie pas, je vais l'attendre ici. Il pleut dehors.

— Comme vous voudrez. Désirez-vous un bol de soupe ? Il est offert par la maison. Ne voilà-t-il pas qu'il s'humanise ! Il m'évoque brusquement Jérôme-le Tavelé, qui m'offrait au zinc du Kit Kat la Blanche de Bruges avec un bout de citron en veux-tu en voilà. Jérôme-l'échalas qui cherchait à me rouler dans la farine avec un peu de la dégaine de ce jeunot, à qui je ne confierais pour rien au monde les clés de vieille Peuge.

— Non merci !… Le liquide me donne envie de pisser !

Matthias arrive peu de temps après. Il me salue avec bienveillance, posant sa lourde pogne sur mon épaule. Puis me conduit dans son sous-sol aux effluves de vieux papiers. Il m'avance un petit escabeau en bois passé au brou de noix, bancal, qui plié se transforme en chaise, et pose les cahiers dont j'entreprends une fastidieuse lecture. Au bout d'une heure, je n'ai compulsé que trois des douze cahiers. Les yeux me brûlent, rougis par la poussière en suspension dans cette cave sans fenêtre ni aération, baignée d'un éclairage cru. Je décide de me détendre un peu les jambes et gagne le rez-de-chaussée où s'activent Matthias et l'ermite Bernard.

— Luc, aurais-tu la gentillesse d'aller nous chercher un paquet de Malboro light ?

Ni Matthias ni moi ne le savons encore, mais il vient de me sauver la vie. Je quitte les Deux yeux et me dirige vers la rue de Vaugirard, hésitant à sortir Peuge de son aire de stationnement. Rien ne vaut une petite marche. Il pleuvote, un exaspérant crachin crachouilleur qui me nettoie la tête et les yeux, qui me fait un drôle de bien. Ce Boucau, je l'ai quand même déniché. C'est ce grand bonhomme, j'en suis sûr ! souriais-je, peut-être même que je soliloque tout seul au pas de course sur ce trottoir, pas qu'un peu fier, loin de Marve, de son article en cours, loin également de Mareuse ou du souvenir de Saphire, tout à la certitude de ma découverte. Je ris tout seul, les yeux mouillés de pluie fine comme des larmes de bonheur. Je ris, donc, et je pleure, surprenant les maussades qui me croisent. Avant d'atteindre le bar-tabac, je me dis merde, Luc, bon Dieu, tu n'as plus un rond sur toi et me voilà reparti vers les Deux yeux pour récupérer un peu de monnaie.

L'horreur se déploie en accéléré. Je la perçois une bonne centaine de mètres avant la rue Jongkind. Des coups de feu en rafales, des cris, des bruits de freins et de moteur. Je cours « O mon Dieu, que se passe-t-il ? ». Au coin de la rue, je vois trois personnes qui sortent de l'entrepôt, courant comme des dératés, fusil-mitrailleur au poing, et qui s'engouffrent dans une grosse Béhemme garée en double file. Je devine des ombres noires, des silhouettes cagoulées. L'un d'entre eux, un grand dégingandé, à l'allure nonchalante, me fait penser à Séraphin-Le rémora. Un Séraphin teigneux qui marque mes pas et piste pour d'obscures raisons le même troupeau. Je pénètre dans le local au beau milieu d'une foule déjà hurlante, voisins, badauds, sortis de partout, effrayés par les bruits de guerre ou d'expédition mercenaire. Du sous-sol une âcre fumée indique que le feu gagne du terrain. Les manuscrits offrent une bonne flambée. Les deux corps criblés de balles gisent désarticulés, disloqués, projetés par l'impact au travers de la pièce comme des pantins à terre, tête-bêche au beau milieu de la salle entre deux caisses. Des traînées de sang zèbrent le sol. Une femme hurle à l'autre bout de la pièce. Une plainte interminable. Un homme crie. « Prévenez les flics, bon sang », un autre murmure à l'oreille de son portable… Un bol de soupe renversé goutte sur la jambe de l'ermite. Je crois voir bouger Matthias, une sorte de tressaillement. Deux hommes se penchent vers lui, l'un d'entre eux pose sa main sur la carotide. « Appelez vite une ambulance, celui-ci vit encore ! »

Cette scène me renvoie, ô mon Dieu! à d'autres séquences et d'autres images que je ne cesse de vouloir effacer. D'autres massacres en d'autres temps et d'autres lieux dont je revendiquais alors le témoignage jusqu'à la nausée. «Un scoop, me disait Jack que je marquais jour après jour. Regarde bien ce scoop». Ce salopard de Jack tirait sur tout ce qui bougeait, encouragé par les pets de son petit commando de fous furieux sanguinaires, experts, répétait-il, en combats de brousse et en bordels de rase campagne. Rarement des tirs toutefois sur les militaires, plus souvent sur les civils planqués dans les casemates ou les petits villages brûlés à l'os, jusqu'au jour où il péta carrément les plombs. «Cette salope, on va la baiser, on va lui rentrer la bite jusqu'au larynx. On va la bourrer jusqu'à la gueule. Regarde bien, prends-en de la graine!» De quelle graine parlait-il? De quelle salope? En fait de baise, ce ne fut que boucherie et tortures sur la salope en question et une bonne dizaine des habitants de ce coin-là! Des graines il y en eut de toutes sortes, surtout de plombs et de grenailles! Des cris encore! Des hurlements venus tout droit de l'enfer qui retentissent parfois la nuit et ces flammes qui cuisent toujours, ainsi que cet éclat de grenade qui me laboura le rein! Les photos des mutilations, des éventrations et des amputations, je les ai détruites sous la menace. Je ne voulus jamais plus arpenter un terrain de guerre, ni participer aux expéditions quelles qu'elles fussent. Je changeai tout simplement de métier. Aujourd'hui, la vue du sang me fait vomir. Je ne m'en prive pas en dégueulant tripes et boyaux dans le caniveau.

Je ne tiens pas à m'éterniser dans ce lieu. Je prends la tangente. Quelqu'un me hèle. «Eh vous là-bas, ne partez pas si vite!» J'accélère le pas, me retrouve dehors et me précipite vers vieille Peuge en espérant qu'elle démarrera cette fois sans se faire prier. Un bruyant remue-ménage me parvient aux oreilles, des coups de poing sur la carrosserie, la peau de ma pauvre vieille Peuge qui risque de rendre l'âme, « Eh, vous, attendez ! ». Au moment où je déboîte, j'entends les sirènes du Samu, des pompiers et de la police, alors que les griffures lumineuses des gyrophares teignent les ombres de la nuit de bleu et de rouge.

Rouges. Trois clignotants m'attendent embusqués dans le répondeur, dont il faudra bien que je me débarrasse un jour ou l'autre si je veux avoir la paix ! Marie, suppliante « Pourquoi ne me rappelles-tu pas ? *Help !* » Marve, colérique « J'attends ton appel dans les minutes qui suivent ! » Marc, caustique « Je serai chez toi demain à dix heures précises pour prendre livraison du manuscrit promis. J'apporterai les croissants ! Dont acte ! »

## XX
### Sa semence stockée fertilisait le champ

Mon lopin de terre va servir de terrain de grande manœuvre dans les heures qui viennent… Je sens venir la houle à cent lieues à la ronde. La configuration astrologique qui m'articule tourne à la catastrophe et dans ce cas il faut mieux savoir faire le gros dos. Je compose le numéro que ne cesse d'écrire Marie Mareuse sur les petits bouts de papier qu'elle dépose dans ma boîte aux lettres. Plutôt des petits mots inquisiteurs, auxquels elle ajoute son numéro de téléphone portable qu'elle pose également sur mon répondeur. Des billets du genre « avez-vous bien dormi après cette affreuse désintégration des murs du Silong et de votre esprit sans doute. Marie, votre dévouée… », ou bien « Pas de nouvelles oserai-je espérer que votre mental surnage. Vous n'êtes pas le plus mal loti… J'ai assisté aujourd'hui à un incendie, une explosion de gaz dans un immeuble tout à fait terrifiant… était-il mieux d'être mort ou vivant ? Votre admirable Marie. », ou bien encore « Que de silence ! La nuit serait-elle si extensible pour recouvrir ainsi le jour ? durant lequel rien ne vous interdit, je suppose, de m'appeler même si ce n'est pas le secours qui vous motive, je me contenterai de la tendresse. Marie. Vôtre. », et ainsi de suite. Matin et soir à croire qu'elle campe dans un bistrot voisin et qu'elle écrit à tire-larigot. Sa prose ne me déplaît pas, loin de là ! Elle fabrique une fine toile collante dans laquelle je suis en train de me prendre les pattes. Mais maintenant j'ai un besoin urgent de sa sollicitude ou du sentiment névrotique qu'elle projette sur le sens unique de notre relation. Elle ne répond pas. Je dicte mes coordonnées par précaution sur sa messagerie. Puis je sors et me dirige vers le bar-tabac-PMU. Le Satellite dégorge de clients à cette heure tardive. Jeanne à son poste siège derrière la caisse, impératrice de la nicotine.

— Jeanne, j'ai besoin d'un service…

— Luc ! voyons ! tu ne m'as pas encore rendu ce que tu me dois…

— Il ne s'agit pas d'argent, cette fois, Jeanne. Je vais m'absenter quelques jours… Peux-tu te charger de récupérer mon courrier…

— Quand penses-tu pouvoir me rendre l'argent que je t'ai prêté ?… Mes charges sociales, tu comprends. Quarante mille, ça commence à peser dans mon budget.

Les premières conversations qui avaient scellé notre amitié, bien avant notre lamentable tentative, concernaient l'Afrique. Elle y vécut. Le hasard fit que nous baroudions ensemble sans le savoir, aux mêmes moments, dans les mêmes pays. Elle pour le compte d'un laboratoire pharmaceutique, moi pour celui d'un groupe de presse. Les atrocités commises là-bas finirent par nous en chasser à peu près à la même époque. Alors vous pensez bien que les problèmes de fric, ça ne devrait pas exister vraiment entre nous. « Ton pognon je vais te le rendre, Jeanne. Une question de jours. Un peu de retard dans le règlement de mes piges. Rien d'alarmant ! » Elle me regarde à peine rassurée. Je sens bien que je perds la puissance de conviction qui m'ouvrait d'habitude les portes, béantes de salivante et savoureuse humidité. L'obstacle, aujourd'hui, est que je ne crois plus à ce que je dis et que le sésame a changé de code. Mais quarante mille, elle abuse.

— Je pars une quinzaine de jours, mens-je.

Car je sais que je ne reviendrai pas. Non pas pour fuir, mais surtout pour ne plus avoir à affronter la pression quotidienne. J'imagine que je ressemble à un plongeur qui descendrait à des profondeurs inimaginables et dont le corps finirait compressé comme un César. La pression qui m'écrase quotidiennement ressemble à celle d'une descente de ce genre qui vous ratatine en moins de deux… Je dois prendre de la distance avec Saphire surtout, redoutable pivot. Je n'aurais pas le manus à temps, je suis incapable d'assumer mes dettes, ni d'écrire le moindre article. Marie est le port où je choisis d'amarrer. Haut les cœurs !

— Je m'occuperais de ton courrier pendant une quinzaine, mais pas davantage, Luc. Le temps que tu règles tes affaires si tu patauges dans les ennuis. Ensuite, j'espère que nous aurons ensemble une vraie, une sincère conversation…

Pourquoi Marie ne me rappelle-t-elle pas ? Imaginons qu'elle fasse partie de ces allumeuses qui ont comme objectif de vous faire frétiller, et dès que vous mordez alors là, rideau.

L'urgence, voyez-vous ! L'urgence commandite, dans cette putain de fin de millénaire, notre espace dont nous ne faisons que payer le loyer. Il faut prendre de vitesse la mécanique pour éviter la métamorphose – ou plutôt pour accélérer la métamorphose ! Passer simplement d'une orbite à l'autre – rien à voir donc avec le moteur à percussion –, mais éviter que le système ne vous attrape par les couilles parce qu'alors ce n'est pas demain la veille que vous l'en ferez décrocher, je suis bien placé pour le savoir ! Cerné par Marc et Mérou, Tapin & Bordô, Jeanne qui n'achète plus comptant, Marve, les actualités télévisées et la Cofinoga ; si j'en crois ma sulfureuse et boulimique boîte aux lettres il faudrait y ajouter également Nikel le tout nouveau, il ne s'offre à moi que l'opportunité du *Last exit to Marie*, bercé de lents naufrages et brûlantes catastrophes…

J'avoue que la trouille me colle aux fesses… Mon portable vibre au fond de ma poche de blouson…

— Marie ! Marie ! Marie…

— Enfin décidé pour un petit café dans un endroit igni-fugé…

— Pourquoi pas, susurré-je un peu sur la réserve pour ne pas manifester une impatience suspecte. Urgence, certes, mais impatience bannie ! une subtilité – une nuance –, de langage, je dois l'avouer discutable… «Où ça ?»

— Je propose un exceptionnel cappuccino chez moi. Qu'en penses-tu ?

— Je viens d'ici une heure… Le temps de terminer deux ou trois trucs…

Façon de parler, parce qu'en réalité je n'ai qu'à prendre mes cliques et mes claques, laisser tout en plan. Tout n'étant devenu qu'un gros passé merdique. Seuls me préoccupent les quelques petits chèques qu'il me reste à recevoir, que Jeanne gardera pour moi avec mon courrier, bien que ces règlements – s'ils me parviennent –, ne me seront sans doute d'aucune utilité sinon à couvrir le puits sans fond de mon découvert bancaire, disons à payer agios et pénalités – encore un nouveau terme ! chacun ma-niant la pénalité au fil du rasoir. Nous pourrions même créer un nouvel âge économique, celui de la pénalité de retard qu'il faudra bien normaliser comme jadis le fut l'agriculture.

Je quitte mon ex-domicile sur lequel s'accumulent les avis d'expulsion et autres dangerosités, puis me dirige vers vieille Peuge haïe, juste muni d'un sac à dos très légèrement chargé. Un ordinateur portable, car il faudra bien que je saisisse, une serviette, une chemise et du linge de corps, un pantalon de rechange, mon Braun, une brosse à dents et la biographie de Raoul Walsh le déjanté metteur en scène du Port de l'angoisse, que d'aucuns comparent abusivement à Samuel Beckett, biographie que je déguste toutefois à petites doses.

Les biographes ne se mettent pas d'accord sur un fait essentiel de la vie de Hawks vieillissant, baisait-il ou ne baisait-il pas ? Ah ! ça pour séduire il séduisait, mais passait-il à l'acte, *that is the question* ? Ce n'est pas très important me direz-vous. Eh bien si ! Tout d'abord parce que cette question posée ainsi dans une biographie de neuf cent cinquante pages démontre si nécessaire qu'on peut toujours entasser de l'anecdote ou du superficiel, on ne sait rien de la vie des autres. D'autre part imaginons un instant qu'il ne baisait pas, une plausible hypothèse évoquée, on pourrait dire que sa semence stockée fertilisait le champ de sa créativité, générait de l'énergie pure qui le connectait direct avec Dieu. Et si je précise ce point, c'est qu'il est en rapport avec Boucau. Ces fameux manus, distribués par monts et par vaux, ces manus rédigés avec des petits bouts de crayon, écrits sur des coins de table ou à croupetons sur des marches d'escalier, étaient-ils directement reliés aux conduits spermatiques de Boucau-le-chaste-et-pur, un fruit de la semence entreposée dans le congélateur de son cerveau. Sacré Boucau !

La lecture de ce bouquin me fait tordre de rire, notamment les scènes du pléthorique Hatari, opposant Gérard

Blain et John Wayne, le nain et l'ogre, le franchouillard et le Texan au beau milieu des éléphants confrontés au manus/scénario de Brackett, un Boucau Hollywoodien, un peu mon histoire – ne trouvez-vous pas ? D'autant que l'ogre est en train de tourner le coin de la rue Saint Ambroise, père de l'Église, et le boulevard Voltaire et d'évidence met cap plein sur moi… L'ogre en question, ce sont trois ogreteaux en un vol compact style canards sauvages…

— Eh ! le voilà ! me dénonce le doigt tendu à quelques mètres puisque c'est dans la rue Saint Ambroise justement que je garais exceptionnellement Peuge.

Moi, les combats de rue je ne sais plus faire. Trop vieux, trop lourd, un rein bousillé. Non vraiment ce n'est plus mon truc.. Mais que faire ? Sur leur lancée, ils sont sur moi avant que j'aie le temps de me retourner et un coup de pied ou de tête je serais incapable de le préciser me précipite sur le trottoir à demi inconscient.

L'un d'entre eux sort un couteau, incroyable ! nous sommes en plein jour ! le range aussitôt, et s'efface, car une nuée de flics à bicyclette – des sortes de VTT de ville –, de bleu vêtus descendent de leur monture juste devant pour tailler une bavette, sans d'ailleurs s'interposer ni s'inquiéter. Leur présence suffit pour que mes agresseurs se fondent dans la bruissance matinale. Je me relève tant bien que mal me faisant le plus minuscule possible, la figure en sang, mais je n'arrive toutefois pas à me faire disparaître totalement. Et me voilà bon pour la sempiternelle fouille et vérification d'identité.

— Vous saignez, monsieur, me dit une jeune femme en uniforme et casque.

— Je viens de tomber par terre, réponds-je.

— Faites attention ! je vous prie. Nous allons prévenir le Samu…

— Ça va aller !

Ils n'ont pas remarqué tout à leurs palabres les trois malfrats qui tentèrent de m'ouvrir la gorge. Je faillis être occis. Qui était-ce ? Qui les commanditait ? Certes pas Marc ou Mérou, nous devons nous rencontrer demain. Séverin dont je sens l'ombre malfaisante ? Une simple coïncidence ? Je me dirige vers l'ouest, me disant que je ne ferai peut-être pas si mal – Simal –, de passer devant les Deux yeux, avant de me rendre chez Marie.

Je remonte la rue Saint Charles, en passant par la rue Leblanc, histoire de jeter un œil sur les Deux yeux. Une curiosité malsaine, me direz-vous ! Légitime, vous répondrai-je… Sur le trottoir d'en face, un grand bonhomme enchâssé dans une houppelande mitée qui descend jusqu'aux talons arpente à grandes foulées le trottoir d'en face dans la direction opposée. Une besace claque sur ses fesses et il pousse un caddy plein de frusques. Boucau, me dis-je ! C'est l'homme avec lequel j'échangeai un brin de causette devant le Comptoir pour le Marché Commun, dit les Deux yeux, le jour du massacre. Boucau, donc ! La rue Saint Charles étant en sens unique, je n'ai d'autre choix que de continuer jusqu'à la rue de la Convention, de prendre à droite, puis encore à droite jusqu'à l'avenue Félix Faure. La grande silhouette d'Alias-Boucau traverse juste devant moi et se dirige vers l'héliport de Paris. Bon sang de bonsoir il va m'échapper ! Je gare Peuge comme je peux à cheval sur le premier passage clouté qui s'offre à moi, et je retourne sur mes pas. Plus d'Alias, plus de grand essedef à la barbe triomphante. Puis je l'aperçois, reconnaissable entre mille au bout de l'avenue de la porte de Sèvres. Je cours comme un dératé, soufflant comme un bœuf, car j'ai passé l'âge de ces performances. Au bout de l'avenue, il disparaît de nouveau dans la rue René-Louis Armand. Je le revois sur le grand terrain vert de l'Héliport arc-bouté sur son caddy, les pans de la houppelande secoués par un vent furieux, un autre homme l'accompagne, puis une sorte de hangar les happe. Un peu plus tard, un hélico décolle vers la Seine toute proche, franchissant le périphérique. Je le suis des yeux, je le vois frétiller comme un poisson au bout d'une ligne. Bon Dieu ! cet hélico va se casser la gueule, remarqué-je, sérieusement ébranlé. Il va s'écraser au beau milieu du flot de voitures qui tourne autour de la capitale. Mais l'hélico se redresse, il hésite, toussote juste ce qu'il faut et reprend sa progression non sans avoir lâché du lest, en l'occurrence un paquet de documents, des rames de papier, qui se déverse du grand oiseau suffoquant. Des feuilles qui volent, qui virevoltent, qui couvrent l'espace et qui tombent poussées au large par le vent mauvais. Elles tombent doucement, les unes sur le périph, d'autres vers le quai d'Issy-les-Moulineaux et la Seine moussue, quelques-unes encore revenant vers l'arrière vers moi, sidéré. Le manus de boucau, car c'est lui j'en suis sûr, recouvre la ville comme un gros nuage, un sacré dégazage en plein ciel. Cette giclée est hallucinante. Les gens tout autour s'arrêtent. Certains se précipitent pour ramasser une feuille ou deux, qui commencent à se poser sur le macadam. L'une me lèche presque le bout de la semelle, moi qui n'aie pas bougé d'un centimètre tellement je suis estomaqué. Je me baisse – je me souviens du bout de crayon au Kit Kat, il y a des années-lumière de cela. Je ramasse le bout de manus, maculé et aussi élimé que le morceau de crayon, autrefois. Une pub ! Une pub toute simple pour un moteur de recherche sur internet.

Une pub-moteur-de-recherche, incroyable ! non ? qui tombe du ciel. Moteur qui me meut depuis tant de temps ! et recherche, mais de quoi ? De Boucau sans doute ? Est-ce un signe ? Une apparition de l'ange ? Dans tous les cas, il ne s'agit pas de manuscrit.

J'aurais d'ailleurs pu m'en douter puisque le manus, lui, surgira du ventre de la terre ! Non pas non plus du ventre de l'obscène maltaise, Erika-l'écartelée, qui dégorge trente mille tonnes de fluides sécrétoires au large de Penmarch, ni de celui trémulent de l'hélico sinistré.

# NORDOUESTE

## XXI
## Sirotant par petites gorgées

Rue Redon, à côté de l'avenue de la porte d'Asnières, et de la gare de triage de Saint-Lazare-le-ressuscité… Pour être plus précis des Ateliers et Gare aux Marchandises de la Société Nationale des Chemins de Fers Français ; plus près encore des Magasins de Décors de l'Opéra. Un appartement au troisième étage qui donne sur de la verdure, un stade sur lequel les enfants des lycées et collèges embués de toxiques viennent s'aérer en contrebas du périphérique. Elle m'attend en peignoir de bain, parfumée et consentante, plus petite que dans mon souvenir peut-être parce qu'elle glisse, pieds nus, sur la moquette grise de son trois-pièces. Elle se colle à moi dès la porte franchie et me propose sa bouche. Au diable le cappuccino ! Elle effleure d'un doigt le filet de sang figé à la commissure des lèvres puis la paupière qui recouvre l'œil tumescent et bleui, le sourcil interrogateur.

— Rien, la rassuré-je. Rien du tout… Une rencontre avec le macadam…

Je ne lui dirai rien de mes déboires et des menaces qui planent dans mon ciel personnel. Rien parce que je ne veux surtout pas qu'elle me jette dehors. La peur est communicative. Elle se transmet comme la grippe, et vous n'y pouvez rien. Sur tout un pan de mur s'affiche une gigantesque carte de Paris, traitée à l'ancienne, l'agrandissement d'une gravure. Des croix rouges, bleues ou vertes marquées au stylo-feutre ornementent le plan.

— Les incendies auxquels j'ai participé. Les cendres que j'ai foulées...

Puis elle se serre de nouveau contre moi avant que j'aie eu le temps de me débarrasser de mon sac à dos. Au diable mon indépendance ! Je perds l'initiative, si tant est que je l'aie détenue à un moment ou à un autre ! Un petit bout de femme possessive et fétichiste, passionnée d'incendies, elle-même fauve et solaire, orange comme un soleil couchant.

— Que de sinistres, hoché-je stupidement.

— Le feu ! Luc, le feu nous cerne...

— Comment sais-tu ?

— J'ai une radio directement branchée sur les ondes des pompiers. Je capte tous les appels au secours. J'ai mes endroits de prédilection que je ne raterais pour rien au monde. Il m'arrive de me rendre sur les lieux d'un petit début d'incendie apparemment anodin – un de ceux qui n'excitent personne –, et qui se transforme en une formidable fournaise... Le nombre d'alertes chaque jour est incroyablement élevé, plus élevé l'hiver au moment des premiers froids... Notre ville devient une véritable bombe à retardement...

Tout en parlant, elle m'allège de mon sac à dos et de mon blouson. Elle déboutonne ma chemise et entortille ses doigts dans le fouillis de poils grisonnants sur ma poitrine. Et sans plus de cérémonie, alors que nous stationnons debout au milieu de son salon elle glisse sa main dans ma braguette tout en chatouillant de l'autre un bout de mamelon. Elle extirpe sans plus tarder mon sexe au repos. Elle s'agenouille, les pans de son peignoir à présent rejetés de part et d'autre de son corps nu, le pointe de ses petits seins miniatures tendus droit devant elle. Elle enfourne le membre mou et entreprend de le sucer, de le lécher, avec des claquements obscènes de la bouche. Mon érection est lente à venir et plutôt indolente. Rien de glorieux ni de flamboyant. J'ai froid, j'ai mal à la tête et ne me sens pas du tout dans le rythme. Elle se relève et se dirige hautaine, exhalant des effluves de lionne, du haut de son mètre cinquante vers le lecteur de CD. Un long craille de sax, une plainte quasi humaine, me vrille le cerveau. Elle se dirige en nouant la ceinture de son vêtement de bain vers la cuisine dans le but de préparer ce fameux cappuccino. J'en profite pour remballer le tout et rajuster ma tenue.

— Le début de nos relations ne casse pas trois pattes à un canard et ne se dore pas sous le ciel bleu… Mais nous aurons un peu de patience, n'est-ce pas ?… Rien ne presse, et elle éclate de rire, un rire un peu aigu, mais communicatif. « Tu as une drôle d'allure !… »

Nous nous installons autour d'une table basse, vautrés sur des canapés recouverts de velours. Je plonge en un intervalle de béatitude et goûte cette situation inattendue. Puis en sirotant par petites gorgées le nectar brûlant, je raconte à Marie mes déambulations aux quatre coins de Paris. J'évite de parler de Saphire, de Marc, des agressions subies, ni même des altercations avec mes clients, hors sujet – je ne veux pas l'effrayer ni qu'elle puisse penser que je la mets en danger –, mais je déballe toute l'histoire du manus de Boucau, telle que je la connais et en la racontant, je me rends bien compte que je n'en sais pas autant que ça. Voire rien du tout puisque je n'ai jamais pu lire ne serait-ce qu'une seule page de ce prétendu manuscrit. Juste quatre éléments de phrase dont personne ne certifia l'appartenance. Et quant à Boucau, une silhouette peut-être ? Un grand bon-homme courant vers l'héliport, mais rien de sûr !

— Quand je t'ai rencontré, tu le cherchais, n'est-ce pas ? le manuscrit, dans ce bar, le Silong… Puis-je t'aider à le trouver ? s'il a tant d'importance pour toi ! me propose-t-elle hésitante.

— Je ne sais pas si j'y tiens à ce manuscrit ni à retrouver Boucau… Ça me prit au fil du temps… Une tumeur de l'es-prit… Quelque chose qui grossit et qui devint trop lourd, un excès pondéral de l'âme si on peut dire. Je gagnerai ce jeu – car c'est bien d'un jeu dont il s'agit, n'est-ce pas ? –, je me libérerai de la prison du sort jeté, du cadre qui m'en-ferme, celui du dessin du corps du poisson mort ultime re-présentation du Go-ban, territoire de l'affrontement.

— Le Go-ban ? me demande-t-elle étonnée.

Et je me lance dans l'explication des règles du jeu de Go, telles que me les enseigna Samuel Wu avant de clouer le damier sur son comptoir – lamentable décision qui scella son destin. De parenthèse en parenthèse, enfouis dans la chair tendre des canapés nous oublions le temps qui se carapate vers le soir. Marie ne s'accroche même plus à sa radio qui ne cesse de crachouiller indiquant les brasiers qui s'allument çà et là dans les viscères de la capitale. Elle vient se pelotonner contre moi, ouvrant de nouveau son peignoir. Je respire les senteurs de son corps bien vivant, elle défait de nouveau les boutons et libère mon corps qui cette fois réagit au quart de tour.

— Tu vois, il fallait un peu de temps…

Elle se penche toute salivante, et me voilà parti dans les marées chaudes et lénifiantes des oublis marécageux.

Je devais m'habituer assez vite au caractère autoritaire de cette petite femme. Elle prit possession de mon corps et de mon esprit comme un jouet, l'utilisant au gré de ses fantasmes. Cette situation devint rapidement intolérable. Mais je décidais de m'en accommoder. J'aimais toujours Saphire qui ne cessait de me hanter. Je l'aimais sous quelque forme qu'elle incarnait. J'aimais totalement son être quel qu'il fût, davantage que sa chair. En revanche je n'aimais pas Marie qui me fascinait toutefois au travers des tumultueux et frénétiques jeux sexuels qu'elle animait. Je me consumais lentement, sous le feu qu'elle attisait à chaque instant.

Je descends parfois prendre une bière à la terrasse du Café Ménage, boulevard Berthier. Parfois je reste au comptoir bousculé par les consommateurs pressés, un échantillonnage de la population de la capitale, des jeunes, des vieux, des fonctionnaires, des cadres ou des retraités. Ils parlent le plus souvent d'argent, rarement de leurs lectures, leur niveau de salaire, leurs investissements, le caquekarante – sujet d'incessants caquetages – ou le prix du mètre carré… Sinistres et décourageants bruits de fond pour quiconque avec tant soit peu de jugeote ou d'intérêt pour les choses de la vie. Et si j'allais traîner dans les rades branchés les conversations seraient-elles plus passionnantes ? Les rades journaleux, ceux des présentateurs de télé, le Sancerre ou le Fouquet's par exemple – pas les clubs pour nantis ni les ringards pour linéaires de pâte à papier –, simplement ceux auxquels je m'apparentais, mais qui ne me branchaient plus ! l'âge me direz-vous.

Deux inconsommables déversent leur rancœur à quelques centimètres de mon oreille.

— Le vingt-deuxième siècle sera barbare. Nous nous immergeons d'ores et déjà dans l'analphabétisation ! Nos gouvernements le savent, mais ne rêvent que de fuites vers d'autres galaxies, à moins qu'ils ne se réfugient dans des blockhaus souterrains ou tout simplement acceptent de mourir sans héritier.

— Comment pouvez-vous dire une chose pareille ?

— La barbarie est déjà à nos portes !

Dégoûté, j'expédie Blanche de Bruges qui laisse une trace amère sur la langue, un goût de cuivre. Il est temps de retrouver Marie et son inlassable tempérament de feu.

On me propose assez vite un petit boulot, une pige pour une agence de pub dont Marie connaît la responsable – Silvie Noule. La commande est immédiate et se transmet par fax. Il y est question de pipi, une petite brochure technique sur l'incontinence urinaire chez la femme préménopausée de cinquante ans. Noule m'envoie une pile impressionnante de documentation dont je dois extraire une dizaine de feuillets rémunérés au prix extravagant de six cents francs nets la page de quinze cents signes. Royalement payés! Boucau, lui, n'aura jamais eu cette chance! «Pour une rédaction technique ou scientifique, les tarifs sont plus élevés!» Je remets au lendemain ce travail sans intérêt.

Je décide d'organiser une expédition du côté du onzième, boulevard Voltaire. Le courrier s'entasse sous le comptoir de Jeanne, impatiente de me revoir. Je souhaite récupérer deux ou trois choses notamment un dossier d'archives dont j'ai un besoin urgent. Jeanne me voit partir avec appréhension. «N'est-ce pas un retour vers le passé? Ce cachalot ne va-t-il pas t'engloutir?»

La pendule de l'église Saint Ambroise indique dix heures quand je me gare devant chez moi. Je choisis d'inspecter mon appartement avant de rendre visite à Jeanne. Alors que j'insère la clé dans la serrure, face à ma porte, deux hommes jaillissent dans le couloir.

— Luc?

L'un d'entre eux exhibe une carte de police sur laquelle figure son nom, Daniel Louppe.

— Voici l'inspecteur Montaigne… Nous souhaitons vous poser quelques questions…

La surprise me fige.

— Suis-je en état d'arrestation?

— Tout dépend de vos réponses et de votre coopération…

Me voilà embarqué vers les locaux de la police judiciaire, sans avoir aucune idée de ce qui me vaut cet intérêt. Quand la voiture banalisée déboîte, se mêlant au flot continu de la circulation, j'aperçois la contractuelle qui colle une contravention sous le pare-brise de Peuge. «Mauvaise passe!»

# XXII
## Mon dos frotte contre les avis

— Routine ! Brassons de la routine, d'accord, dit Daniel Louppe plutôt complice sur cette partie de la trajectoire.

Je ne me sens pas de rigoler, pas du tout, mais pas du tout, une sorte de métronome dans ma tête, du tout… Je frappe le sol du bout de ma chaussure… Du tout…

— Nous ici on souhaite comprendre cette histoire d'emploi du temps, reprend-il. C'est simplement… Juste le tempo… Jouons au récapitule…

Je ne dors plus depuis vingt-quatre heures passées au tamis d'incessantes questions posées à tour de rôle par ce petit inspecteur nerveux et son alter ego, Montaigne. Quel drôle de nom pour un inspecteur, et quitte à choisir pourquoi pas Hugo ou Rousseau, les misérables et les confessions, par exemple ! Les sons maintenant semblent venir d'une pièce trop vaste qui renvoie chaque syllabe en écho comme une balle de chistera. Les yeux s'assombrissent, coulent dans le vide. Le vide interstitiel des manus, par exemple ou celui plus acide de Saphire/Utérus. « Les yeux fertiles te clouent au Ragosse, sortant de chez Émir Jalloum, l'abandonnant dans son sang tiède… Personne n'a jamais vu quelqu'un d'autre… Seulement toi… que toi…

Du bout de la chaussure, je scande que toi, ô que toi… que toi Saphire ou Marie…

— Vous vous gourez, inspecteur…

Il faut bien que je me défende, pensé-je. Mais qu'avouer? me défendre c'est parler de… Pourquoi pas? «Je n'étais pas seul, inspecteur», les bras me tombent au bord de l'évanouissement, «Je n'ai jamais été seul!»

— Nous le savons, pigiste ou pigeon, à toi de choisir! Mais seul à certains moments, ça, c'est indéniable! Au Ragosse par exemple nous avons un témoin! Vous êtes venu une première fois, toi et une pubère – il faudra aussi nous parler d'elle, Luc! –, puis tu es revenu plus tard, tôt le matin, puis encore revenu tard le matin accompagné de la loupiotte… Un manège à toi tout seul, tantôt vide tantôt chargé, mais tourne manège!»

Revenu, revenu… mon pied continue de frapper le sol… revenu… «Mais bon Dieu, inspecteur, ce n'était pas moi, reconnaissez-le quand même!» Je perds soudain le fil de cette mondaine conversation.

— Un an plus tard, un incendie criminel détruit le Silong, un bistrot/accueil/dortoir pour les paumés. Qui trouvons-nous là-bas le soir du sinistre, Luc-les-mains-gelées, au milieu de la fournaise et d'une vingtaine de cadavres y compris un brave gérant d'établissement rôti au seuil du four… Au seuil, Luc… Qui le poussa?

Cet homme me cherche. Sa conviction est faite… C'est absurde! «Quel mobile, inspecteur?» J'ai signé une déposition hier, un état des lieux en quelque sorte qui fait le tour de la question, de toutes ces questions récurrentes. «Pourquoi aurais-je commis ces meurtres?»

— C'est que nous essayons de comprendre, Luc…

— Soyons sérieux, inspecteur, le marabout, je ne l'avais jamais vu auparavant…

— Pourquoi ne pas avoir prévenu le commissariat le plus proche ?

Ça, c'est une connerie ! Je le reconnais, mais ça ne suffit pas pour une inculpation – tout au plus un blâme ou une amende, que sais-je ?

— Au Silong...

— Parlons un peu du Silong... Nous avons découvert ce nom, inscrit dans la marge d'un journal de l'année dernière, et sur certains brouillons de lettres ou manuscrits... Une préméditation, Luc ! conçue par ton cerveau malade. Demande une expertise psychiatrique et tu te sortiras de cette histoire haut la main !... Ton avocat plaidera la folie...

Les salauds sont allés foutre le bordel dans mon appartement !... La colère me bloque la respiration. J'étouffe.

— Vous étiez encore au Deux yeux le jour du massacre..., ronge Louppe comme une scie à bois.

— Ils étaient trois...

Louppe me regarde comme il regarderait un scarabée gigotant sur le dos condamné à une mort certaine. Un jeu cruel d'enfant attardé. « Qui le prétend ? Toi ! »

— Tu es le seul témoin de la fuite. Les autres témoignages sont unanimes, toi seul étais là...

— Matthias pourrait corroborer mon témoignage...

— Malheureusement pour toi, il flotte entre la vie et la mort... dans un coma dont personne ne peut prédire l'issue... Il faudra se passer de lui !

Cette situation est insensée. Louppe me prend par le col et malgré sa petite taille me soulève comme une plume de la chaise sur laquelle je suis avachi, pas brillant, croyez-moi, plutôt du genre à barboter dans les égouts. À deux mains à présent, il me colle comme un vulgaire papillon, le dos au mur lépreux du bureau. Mon dos frotte contre les avis de recherche de tous genres, les promotions de l'année, les tours de patrouille et les notes syndicales et s'écorche aux punaises.

— On ne va pas passer les meilleures années de notre vie sur ton dossier, Luc. On ne va pas reprendre inlassablement depuis le début, ce n'est pas notre style !… Nous en savons assez pour te mener devant le juge et le procureur… Ton intérêt c'est de coopérer, histoire de nous faire plaisir et d'arranger si possible le papier d'emballage ! rugit-il avant de déverrouiller son étreinte.

Hébété, je titube debout contre le mur. Louppe s'assied de l'autre côté de la pièce pourtant pas grande, mais il me semble à des années-lumière.

— Aménageons ce papier d'emballage !

Cette phrase décousue résonne dans ma mémoire. L'ai-je moi-même déjà prononcée dans d'autres circonstances ?

Et voilà que ça repart. « Ton dossier on l'a épluché dans tous les sens. Grands reportages de guerre. En Afrique, surtout… Puis une sale histoire… Tu te fais virer de Paris Match. Le poids des mots, le choc des photos… Cette fois le poids et le choc c'est toi qui les prends sur la tronche… Une blessure… Un profil psychologique ravagé… Des petits boulots par-ci par-là… Plus de quoi payer ton loyer… Un journaleux qui a mauvaise presse, c'est pas bon pour la carrière… », et je te tartine une mélodie d'un côté, une couche de l'autre. Je profite de ce monologue triste à mourir pour piquer un roupillon. À peine le temps de laisser voguer la tête que Louppe me retourne une formidable claque qui projette le haut de mon crâne sur le béton de la cloison.

— Reprenons si tu veux bien ! Rue Marchenoir, dans le 19ᵉ, le Ragosse, tu connais ? Qu'y faisais-tu ce jour d'octobre ?… Pourquoi diable as-tu dynamité ce bar à clodos ?

Que lui dire qu'il puisse croire ? Je ne suis pour rien dans ce désastre ?

— Le manus de Boucau !… Demandez à Saphire… À Jérôme… Trouvez Séverin… Questionnez-les !… Ils vous diront… La vérité…

— La vérité ? quelle vérité ? martèle-t-il en tapant le revêtement plastifié de la table. Qui sont Boucau, Saphire, Jérôme et Séverin ? Il me regarde droit dans les yeux vomissant des éclairs et je m'efface définitivement dans l'obscurité espérée, souhaitant quitter le plus vite possible par la première sortie d'urgence ce monde dénué d'intérêt.

Une sonnerie de téléphone et ce foutu clignotant rouge de mon répondeur qui ne cesse d'émettre, qui m'annonce les dizaines de messages qui n'attendent qu'un geste de moi pour me sauter à la gueule. Séverin le premier qui veut me prévenir du danger, je tends la main… et je saisis un pied de table. Étendu à même le sol, je n'ai aucune idée du temps qui vient de s'écouler. La pièce est vide. Par la fenêtre grillagée, une voiture de police vient de se garer laissant couiner sa sirène et le gyrophare aveugler les passants, apparemment sans raison, par fatigue ou paresse… Je me lève et m'ébroue dans les vapeurs nocives, puis me dirige vers la porte. Ouverte ! De l'autre côté règne un désordre indescriptible. Des flics, des inspecteurs, des monceaux de papiers administratifs, un écran d'ordinateur, des fils et des câbles, des plaignants, des convoqués, des instructions de rafle, des papiers d'identité, des rixes et des plaintes de bagarres de rue. Un lot quotidien de dysfonctionnements ou de morts violentes, d'accidents de la circulation ou de fuite de gaz. Pas l'ombre de Louppe ni de Montaigne. Je me fraye un chemin dans ce brouhaha. Un escalier à descendre, aucune interpellation. Le planton bardé de gilets ne s'intéresse pas à moi. Je pars en claudiquant, surpris de m'en sortir aussi aisément sans inculpation. Un interrogatoire pénible, mais sans conséquence. Une accalmie certes, mais pour combien de temps. Me remémorant le soliloque de Louppe, la seule interrogation qui me vienne spontanément, comment ai-je pu être inconséquent à ce point? Le road movie me porta au mauvais moment sur les lieux de carnage – j'y perdais empreintes et traces… Le jeu se referme sur moi sans que je puisse subodorer la moindre manœuvre d'encerclement. Je pensais pourtant maintenir une position inexpugnable et dominer les points stratégiques, les coins par exemple. À moins, me dis-je, que je ne contrôle pas l'un d'entre eux, le quatrième évidemment.

Pourquoi les inspecteurs me permirent-ils de partir? L'interrogatoire que me fit subir Louppe ne le laissait pas penser. Je suis certain d'être suivi, sur écoute. Ils ne connaissent pas l'adresse de Marie. Il faudra donc que je ruse pour retourner là-bas.

# XXIII
## Un dédale de cire et de plumes

Labyrinthe!   Saphire / Sophie / Utérus / Labyrinthe. Ainsi que les regroupements de sociétés à l'échelle planétaire qui se fondent sous un sigle générique, Saphire pourrait s'appeler aujourd'hui SSUL, ou Sul, diminutif de Sully, ou bien encore Sally, un personnage de la Comtesse de Ségur ou de BD pour adultes, puisque je découvre qu'elle s'affuble d'un étrange nouveau pseudonyme. Labyrinthe! La fascination qu'exercent sur elle ces artifices est maladive. Cacher son identité, puis le faux nom, puis encore!… Étonnant, non? de la part d'une petite fille si charnelle, si fortement présente, de s'accrocher ainsi à la fluidité! Les admirateurs de l'ectoplasme Boucau, a contrario, se scotchent au sobriquet, ainsi que le public ignare qui ne relut pas, mais qui de bouche à oreille relaie le témoin… Saphire, quant à elle, de métamorphose en transmutation telle une gélatineuse et venimeuse méduse – emplie de flotte à quatre-vingt-dix-neuf virgule neuf pour cent, voire davantage – utilise le pseudo ou l'apparence comme d'autres la Swatch. On ne sait plus à quel saint se vouer, ni à quelle identité elle se réfère. On ne sait plus rien du tout!

Je découvre son nouveau pseudo tout simplement parce que je décide ce jour de lui rendre visite, tenter d'avoir une conversation d'adulte, et lui démontrer que je ne lui voulus jamais de mal – que je suis fou d'amour. Au diable les chiens de garde! – Marc ou Mérou – au diable la mythomanie! au diable le manus! Je me rends rue Claude Lorrain. Une carte de visite collée sur la porte indique Labyrinthe, c'est tout, pas de tranches horaires, pas de descriptif nauséeux. Seulement Labyrinthe. Sur le moment, je me convaincs qu'elle déménagea une nouvelle fois – partie sans laisser d'adresse comme à l'accoutumée –, puis je me dis qu'il s'agit bien de Saphire, qu'elle indique dès l'entrée à ses visiteurs qu'elle se situe dans un lacis inextricable, toutefois foisonnant, de vies interchangeables, à tel point qu'elle-même s'y égare. Un dédale de cire et de plumes, tel qu'elle se présente à présent devant moi, entrebâillant d'un chouïa la porte laquée, barbouillée d'un masque de cire épilatoire qui lui couvre le menton et rehaussée d'un chapeau de plumes d'aigrettes ou de perroquets – je dois avouer que je n'y connais rien.

— Luc! entre donc.

Sa faculté d'impro m'étonne, capable de s'adapter à n'importe quelle situation, aussi saugrenue soit-elle. Les ustensiles et accessoires qui décoraient son salon précédemment ont disparu. Une sobriété toute nordique prévaut, juste quelques gravures et lithographies licencieuses, voire pornographiques, d'auteurs contemporains, Masson ou Schmied entre autres. Elle m'accompagne jusqu'au centre de la pièce en me serrant le coude, des fois que je m'étalerais la gueule sur la moquette. Son corps se serre un infime laps contre le mien et je tremble. Presque aussi grande que moi, elle me domine, elle autrefois si petite.

— Assieds-toi! je fais du café… N'as-tu pas toujours adoré le café? N'est-ce pas?

Elle aurait plutôt légèrement maigri. À moins que ce vêtement colle-au-corps presque transparent – je devine les aréoles de ses seins –, et ses cheveux teints d'une abominable couleur – un vert cru à dégobiller – qu'elle ramène, quelle erreur ! au-dessus de sa tête pour dégager les tempes et faciliter le plâtrage du masque blème, ne donne cette impression. Elle paraît ainsi plus fine et plus élancée.

— Ta visite me fait vraiment plaisir, minaude-t-elle. Je ne pensais plus te revoir après notre dernière rencontre… Tu comprends ? Je ne t'en veux pas tout compte fait… Bien qu'à propos de compte, tu me dois cinq mille…

Si tout le monde exige le remboursement des dettes en même temps, je vais me retrouver directement à la soupe popu s'il reste encore un rade debout pour m'accueillir !

— Marc et Mérou ne te collent pas au cul, aujourd'hui ? me récrié-je pour changer de sujet

— Ils m'ont quitté !… Après la mort de Wu, l'incendie du Si Long, le massacre des Deux yeux et ta désaffection, notre projet est tombé à l'eau. Tu comprends ?

— Quel projet ?

— Tu sais bien ! le manus de Boucau, sa mise en forme et son édition… Nous avions un client…

— Mais Saphire !… Tu me disais toujours que tu ne l'avais jamais lu…

— Moi non !… Mon client, lui, il savait très bien ce que ce foutu manus contenait… Tu comprends ? En tout cas il y tenait sérieux… Il nous consentit une avance confortable qui me permit de me payer Marc et Mérou… On a tout bouffé… Je n'ai plus un sou… Ils sont partis et moi je fais la pute !…

Saphire/Labyrinthe parle depuis la kitchenette grande comme un mouchoir de poche en haussant le ton comme si j'étais dur d'oreille ou à des kilomètres de distance. Elle s'affaire sur une machine rétive qui postillonne les grains de café aux quatre coins de la pièce.

— Ô merde! rugit-elle. Rien ne marche, ici!… Tu comprends, je ne fais jamais de café…

Je l'observe. Par moments on dirait une enfant boudeuse qui pleure après un bout de linge ou un hochet, et dans la seconde qui suit elle se pare d'une apparence de vieille mégère blasée, de l'espèce des chiantes qui prétendent avoir tout vu.

— Toute cette histoire n'est qu'un roman!

— Tu as toujours eu le chic pour reconstituer une chronologie… À chaque fois que nous nous rencontrons, tu récapitules un passé dont on se fout comme de l'an quarante…

Je n'ose lui rappeler ses récentes calomnies. Le passé elle le ressasse et le triture sans cesse. Elle invente au besoin.

— Saphire, une logique incontestable anime cette succession de meurtres autour du manuscrit de Boucau, que tu le veuilles ou non!… Tu étais bien là au Kit Kat, au Si long,… Tu m'envoyas aux Deux yeux…

Elle s'assied enfin en face de moi. Le masque blanc qui recouvre sa figure lui donne un air de clown sage. Elle renverse la tête en arrière et pousse un long soupir. Une sorte de feulement, les seins gonflant la salopette – l'aréole! Ô l'aréole! les cuisses suffisamment distantes l'une de l'autre pour simuler l'offrande, les bras étendus de chaque côté du dossier, laissant deviner une ombre de pilosité – une négligence – sous les bras.

— Ô Luc! Pourquoi demeures-tu aussi naïf, comme un enfant retardé? Pourquoi oses-tu soutenir qu'existe une relation entre les crimes et Boucau? La seule courroie, c'est toi! pas le mobile. Tu es le cordon, Luc, l'ombilic! Tu comprends?

J'entendis déjà cette accusation il n'y a pas si longtemps. Cette réminiscence me met sens dessus dessous. Tout le monde s'accorde pour me déclarer coupable! Une ombre de transpiration sourd en semis de gouttelettes au-dessus de sa lèvre supérieure. La chaleur est tropicale. On se croirait dans une serre. Saphire rit, moite.

— Je me sens bien quand la chaleur monte, Luc!... J'ai toujours froid!

Quel revirement récent! Autrefois elle cavalait nue dans l'appartement criant à tue-tête qu'elle crevait de chaud alors qu'elle était épaisse comme un haricot!

Elle se meut à présent avec difficulté, ses gestes s'effectuent au ralenti, comme une chrysalide –, me dis-je séduit par cette image – prête à se former.

— Je ne suis pas coupable... attaquai-je.

Je ne peux pas accepter me faire traîner plus bas que terre par cette sadomaso pubère devenue, ma foi, pire qu'un adjudant de carrière. Cette image, bien que caricaturale, croyez-moi! n'est pas loin de la réalité.

— Je ne crois pas que tu le sois, Luc. Pas dans le sens que la société donne à ce mot. Tu es cinglé... tout simplement cinglé!... Tu n'es pas responsable de tes actes. Tu comprends ? Mais tu es un bougre de salopard de violeur et d'assassin ! Sans la moindre compassion ! Viens-tu pour me tuer aussi ? Pour incendier cet appartement – tout l'immeuble, pendant que tu y es – et cramer les locataires ?

Elle se relève enfin et s'approche de moi. La paume de sa main effleure ma joue. Ce contact m'incendie. Que dire ?

— Je devrais t'en vouloir, Luc, enchaîne-t-elle. Pour ce que tu me fis, pour tes crimes, ta fuite, ta lâcheté… Pour avoir détruit mon rêve…

— Écoute-moi bien Saphire…

— Appelle-moi Labyrinthe, s'il te plaît !

— Je déteste le feu et le sang… Quelqu'un gomme toutes les traces de ce document, toutes les empreintes de ce Boucau… Ce quelqu'un – ou ce groupe d'assassins –, nous colle aux fesses, Saphire. Toi et moi nous risquons notre vie… Te souviens-tu de Séverin, que nous surnommions Rémora ? Séverin-le-Rémora, le calamiteux Séverin qui s'attacha à nos pas boulevard Richard-Lenoir et que je revis toujours sur les lieux sinistrés comme un foutu phénix… Je n'ai tué personne, Saphire, je le jure… T'en souviens-tu ?

Il me faut la convaincre. Absolument. Elle seule peut m'aider dorénavant à sortir de l'impasse.

— Tu délires, mon pauvre, Luc. Séverin ? Quel Séverin ? Je n'ai jamais rencontré de Séverin. Et si c'est le cas, il ne m'en reste aucun souvenir. Il ne devait pas être aussi impressionnant que tu le prétends ! Tes serments ne pèsent rien devant l'accumulation de preuves… Je peux dire – et je le dirai si on me le demande – que j'étais là, Luc.

J'étais auprès de toi, je t'ai vu!... Je t'accompagnais... Tu comprends? Tu ne voulus pas chercher les flics rue Marchenoir devant le cadavre du l'marbout, tu m'impliquas dans ta cavale, Luc...

Tout ce qu'elle dit pue le mensonge!... Elle s'éloigne encore de moi. Le ton monte et elle s'agite beaucoup trop, la voix mordante. Il est temps de rompre le fer.

— Tu possèdes, m'as-tu dit, un morceau du manuscrit. Pourrais-je le voir?

Saphire ne répond pas. Une sorte de comportement fabriqué qu'elle apprit au cinéma ou à la télé, un héritage compassé d'Actor's Studio. On regarde de biais, l'air concentré comme si le poids du monde vous tombait d'un coup sur les épaules, le visage impassible. L'important, c'est le vague! Là, le vague vogue en direction de la fenêtre. Puis, elle ouvre le tiroir d'un petit bureau et en extrait quelques feuilles, quatre ou cinq au maximum à en deviner l'extrême minceur de l'épaisseur. Elle me tend la poignée de pages.

— À Contrecœur, Luc! C'est vraiment parce que cette histoire me fait vomir... Je coupe les ponts derrière tout ça!

Je m'en empare. Si elle put les conserver indemnes dans ce tiroir, elle innocente de fait Marc et Mérou. Leur possession la met toutefois en danger. Un jour ou l'autre quelqu'un – Séverin? – lui demandera l'addition et lui tranchera la gorge. La peur sans doute la conduit à se débarrasser de cet encombrant héritage.

— Comment ces feuilles sont-elles parvenues jusqu'ici?
Elle élude la question.
— Fais-en bon usage!

Cinq feuilles en tout. Je les parcours d'un coup d'œil. La copie d'un entretien téléphonique, du moins une partie. Un entretien à quatre concernant, semble-t-il l'attribution de territoires en Afrique et au Brésil. Des achats sans traces, sans chèque, uniquement en espèces. Une note manuscrite aberrante sur une estimation en centaines de milliers de pertes humaines programmée suite à des essais transgéniques, viandes et céréales. Une page avec une liste de noms, trois présidents de groupes chimiques multinationaux, trois présidents de la République et deux premiers ministres. Des dates. De l'année quatre-vingt-neuf à l'année quatre-vingt-douze. Une liste d'actions avec des prix d'achat et de vente. Un texte sur un incompréhensible accord pétrolier intercommunautaire impliquant l'embargo sur l'Irak. Une page manuscrite de commentaires, sans doute de la main de Boucau, une page parmi d'autres. Je ne saisis pas grand-chose à ce charabia. Mais je comprends mieux l'effervescence qu'il provoqua, d'autant plus qu'une note de bas de page récapitule les originaux joints – qui ne le sont plus, mais qui se trouvent certainement quelque part, peut-être dans le caveau mortuaire scellé des Deux yeux, ou bien dans le caddy véloce du grand Alias Boucau désintégré dans un hangar de l'héliport –, à savoir une retranscription complète, deux cassettes audio et trois lettres signées de responsables gouvernementaux. Le haut du panier !

— Le reste du dossier ? Où se cache-t-il ?

— Nous avons déjà abordé ce point, Luc. Ton incompétence, pire ta suffisance ou ta démence l'explosa dans le cosmos !

— De la dynamite ! dis-je pour garder contenance, prenant conscience que le mot n'est plus du tout adapté à la circonstance. Ces documents représentent une putain de bombe ! En réalité toute cette macrouille ne m'intéresse plus. Il y a encore une dizaine d'années, j'aurais pété les plombs et me serais embarqué dans le tunnel droit devant. « Que souhaites-tu ? »

— Je te l'ai dit, Luc. Sortir de cette histoire. Je te donne ces bouts de papier et oublie-moi ! Raye-moi de ton carnet d'adresses ! Si tu veux me tuer, fais-le maintenant ! Sinon quitte cet appartement et ne cherche plus à me revoir ! Tu comprends ?

Elle hurle presque. La nuit hurle ! La peur irradie tout autour d'elle en volutes acides qui se mêlent à son parfum sucré. Une vraie symphonie d'odeurs érotiques, un bouquet de fleurs sauvages. Je me lève et je tente de l'enlacer. Elle me repousse de toutes ses forces. Durant quelques secondes, je tente de garder le contact. Une prise de la pulpe des doigts d'où sortent des cordes liquides d'énergie, des ondes de désir pur. Cette proximité me bouleverse.

— Cette fois-ci, il faudra me tuer, Luc ! Je vous interdis de me toucher le cul !… Pars, je t'en prie ! Ne me forcez pas à te haïr !

Que faire d'autre ? Je descends l'escalier quatre à quatre avec l'impression désagréable que je ne la reverrai plus. Qu'elle déménagera une nouvelle fois. Que cette adolescente de quinze ou seize ans se noiera de nouveau sous un autre pseudo. Que la chrysalide – formée maintenant – donnera naissance à un être différent, tout autre, une mutante aussi éphémère que les précédentes, peut-être plus évanescente, papillon de nuit ou papillon de jour ? Satyre ou xanthie. Pour ne pas trancher sans anesthésie – générale ou locorégionale ? – le cordon qui me relie encore à elle, je m'installe à une terrasse proche d'où j'aperçois le porche de l'immeuble. Je commande une Blanche – une forme particulière de masochisme urbain ! – et me plonge dans la contemplation de mes doigts brûlants du contact de la peau de Saphire, une sensation jamais éprouvée auparavant. L'impression d'avoir pétri une bouffée divine. Je passe lentement ces doigts bénis sur ma joue effleurée, incandescente et aussi fraîche qu'un torrent. Je sirote à petites gorgées Blanche après Blanche jusqu'à ce que tombe le soir, un peu plus tôt chaque jour en ces mois d'hiver, jusqu'à l'abrutissement. La porte de l'immeuble est toujours close, au quatrième étage la lueur à la fenêtre ne vacille pas. Il me faut partir enfin le cœur déchiré. Vieille Peuge somnolente rechigne à démarrer. Comme je la comprends !… Tu comprends ? Au coin de la rue s'efface une silhouette dégingandée, une silhouette qui évoque celle de Séverin. Pourquoi la présence nonchalante de cet homme ne me lâche-t-elle jamais ?

# SENTE

## XXV
## Aujourd'hui je ne sais plus

Tant qu'on a le Sente tout va, dit le traité de Go, ce qui signifie qu'il vaut mieux garder l'initiative. Or l'initiative m'appartient.

Interrogatoire.

Ai-je commis ces crimes ? Tout l'indique. J'étais présent à chaque fois. Il y a encore quelques mois, je n'aurai même pas discuté mon innocence. Les faits, la chronologie, la surprise et l'épouvante l'attestent. Je n'avais rien à voir avec ces meurtres, ces violences, ces incendies. Aujourd'hui je ne sais plus. Je sais bien sûr que je n'ai pas tenu l'arme ni déclenché le détonateur. Mais ne suis-je pas responsable toutefois du déclenchement du mécanisme ?

# TABLE DES MATIÈRES

Maquette Claude Chauvry
Achevé d'imprimer en janvier 2020


Les Éditions de l'Œil du Sphinx
36-42 rue de la Villette – 75019 Paris
Tél. 09 75 32 33 55 – Fax 01 42 01 05 38
Email ods@oeildusphinx.com
Web www.oeildusphinx.com